U0115315

文學研究叢書·兒童文學叢刊

兒童文學與閱讀（三）

林文寶　著

自序

本書收錄文章是以在大陸地區發表者為主。

其間，前十篇是刊登於報刊、雜誌者；後三十一篇可說是作品的介紹與導讀。這些文章都是應作者或編輯之邀約而撰寫，但並非必然放置出版作品中。

一般說來，文章篇幅不長，且是介紹與導讀性，既不能媚俗，亦不能流於高調。於是只能尋求合適的切入點，期盼引發興趣，進而閱讀作品。

在尋求與思索的撰寫過程中，最該感謝的是學生顏志豪，他非但要打字，更是我論述與辯證的最佳搭檔。

至於，最後一篇是長篇論述，正是我對當下有關兒童、閱讀與教育的看法。

目次

林良與《爸爸的十六封信》

台湾儿童文学泰斗林良先生 献给会思想的孩子
海峡两岸数十位儿童文学作家、学者联袂推荐佳作
畅销台湾社会四十多年的经典作品
爸爸的
16封信
林 良◎著
"好书大家读"年度好书
"深耕"阅读计划推荐好书
"满天星"阅读计划推荐好书
海峡出版发行集团 | 福建少年儿童出版社

談起臺灣兒童文學，就會想起林良，他幾乎與臺灣兒童文學劃上等號，對臺灣兒童文學有著重要的歷史意義。

林良生於1924年，習慣以筆名「子敏」發表散文，以「林良」本名為小讀者寫作，是小讀者口中的「林爺爺」。他以兒童文學為生平職志，作品以散文見長，除大家耳熟能詳的《小太陽》外，《爸爸的十六封信》也受到廣大讀者的青睞與關注，是初中、小學生書櫃中不可或缺的一本兒童讀物。

《爸爸的十六封信》1971年由「臺灣省教育廳」出版，2006年7月改由國語日報社出版（近期又將由福建少年兒童出版社推出簡體版），至今重印數十版，可見此書的暢銷。雖然此書的完成是在三十年前，但是裡面的議題卻不因時空而產生時代隔閡。

於1954年，林良開始每週在《國語日報》兒童版「看圖說話」專欄執筆，直到2009年12月仍開闢《國語日報》「漫談兒童文學」專欄，已經在《國語日報》寫各種兒童文學評論長達六十年，九十歲的他仍持續發表作品，可見其對兒童文學的熱愛與執著。他獲得了許多獎項，重要的有：1973年《小太陽》獲中山文化基金會「文藝創作獎」、1994年文建會的兒童文學特別貢獻獎、2003年獲得「金鼎獎終生成就獎」等。

《淺語的藝術》與「善的種子」

林良在《淺語的藝術》一書中，認為兒童文學作家必須寫兒童看得懂的語言，就是所謂的「淺語」，讓孩子能讀得懂，兒童文學作品應當服膺在這種淺語的藝術中，說孩子懂的話。他認為淺語並非是低俗粗野的字句，反而是在晦澀難懂的字句當中抽絲剝繭，如剝筍子般，把最核心幼嫩的地方，留給孩子。

林良也主張給孩子良善的事物，他如此說：一個兒童文學作家在作品裡為孩子「布置美好的環境」是可能的，而且是切合教育原理的。(引自《淺語的藝術》) 他認為兒童文學作家的工作應該是播種「善的種子」在孩子的心靈。林良的這番用意，並非認為要讓孩子成為溫室裡的花朵。不是這樣的，林良認為孩子純潔的心靈，本質上就是溫室裡的花朵，要如何協助孩子能保持心靈的花朵盛開才為重要，而林良認為在孩子幼時，就應該積極播種，讓孩子能在成長的過程中，就能採收；而非在孩子小的時候，就告知他們這個社會的醜惡及悲慘，最後才暗示著如何堅強地從暴風雨中辛苦成長，林良認為這不適合兒童。

不管是主張應該用淺語的方式讓孩子讀得懂文學，進而拓展視野、認識世界、喜歡文學，或者是堅持兒童文學作家應該播下善的種子，讓孩子在生活挫敗悲苦時，仍可以微笑樂觀面對，讓生活更好，這種為孩子著想的態度與思維，令人感動並深感佩服。每個小讀者，林良都把它當作自己的孩子般照顧，他就這樣照顧著孩子那麼多年，擔心牽掛著孩子，知道孩子需要很多的故事滋潤善的種子，因此他不敢擱筆，筆耕至今，以一種父親掛心的姿態。

《爸爸的十六封信》從何而來

這本書的誕生，是當時「臺灣省教育廳」的「中華兒童叢書」主編潘人木女士商請林良寫給兒童的一本書。那時林良的大女兒櫻櫻恰好是初中生，有著許多人生問題，而很多時候，林良都需要趕稿，無法歇筆和女兒談話，因此林良總在寫完稿後，通常已經是夜闌人靜的深夜，再把想法轉換成文字，放在她的桌子上，第二天女兒就可以知道爸爸的建議與想法。而這些紙條，就是他們的「信」。這本書就是以這些「信」為本，再加上林良的「施粉化妝」而成，並且特別在十六封信的前面，以女兒櫻櫻的名義編撰這十六封信的來源和出版的由來，讓這十六封信形成一個完整的故事。林良編撰的故事是這樣的：

> 這些信，一共有十六封，為櫻櫻所保存。有一位出版家看到了，就想拿去出版，讓所有的青少年都可以讀到，櫻櫻得到爸爸的同意，就把這十六封信給了那家出版社，並且還親自寫了一篇「序」，說明這十六封信的由來。

因此，這本書可說是亦真亦假的故事，但絕大部分都是林良的親身經歷，十分有趣。新版的《爸爸的十六封信》在本書前面特別增加林良及女兒林櫻的序，也在後面附錄增加林良對本書的話，以及三個女兒林櫻、林琪和林瑋給爸爸的話，可以一窺作家林良在三個女兒心目中的形象，也讓讀者一飽林良生活中的樂趣。比起舊版只有收錄故事、沒有任何序和附錄，文學性反而增加，留給讀者的想像也更多。

《爸爸的十六封信》除了一開始〈櫻櫻的話〉外，共有十六封信，分別為〈為什麼大家不理我？〉、〈專心的人是活神仙〉、〈「樂觀」使你萬事如意〉、〈從從容容　穩穩當當〉、〈不敢站起來說話的人〉、〈別人可以跟你「不同」〉、〈朋友就像一本一本的好書〉等，每篇都有一個明確的主題，篇幅也不會很長，讓孩子讀起來愉快沒有負擔。這十六封信大致又分為兩種狀況，一是爸爸有話要說，想與櫻櫻分享心情想法；另外一種，是解決櫻櫻所遇到的困惑難題，爸爸在信中把自己的經驗和想法告訴櫻櫻，試圖解決她的問題。這部作品還獲得了「好書大家讀」年度最佳少年兒童讀物獎、臺灣新聞主管部門評定「優良讀物」等獎項，是林良兒童文學作品的代表作之一。

兒童文學應如何「說教」

這是一本教導孩子人情道理的書，教育的成分不少。照理說，孩子十分排斥這種訓示的話語，在家裡爸媽已經嘮叨不休，再加上學校老師總是諄諄提醒，難道這些還不夠？孩子仍願意看一本有關教導為人處事的書籍嗎？連我自己都不願意。但是，林良運用信的方式包裝這些冷硬的議題，反而產生一種非常好的效果。人都有偷窺的心態，想知道別人的祕密，想知道別人在做什麼，愈神祕的事物愈讓人感到好奇。

寫信是一種神祕的儀式，讀信也是一種神祕的儀式。寫信的人通常在跟某人述說著自己的祕密，這個祕密有極大的隱私性；而讀信的人透過信件，享受得到祕密的快感，所以讀信通常是很快樂的，對寫信者與讀信者來說都是一種神祕的活動。林良藉由書信的方式，讓讀者一飽偷窺的慾望，把孩子帶進故事裡面，信裡面訓誡的意味就這樣自然而然地被接受了。

這些故事不外乎是櫻櫻在家裡、學校遇到的問題。爸爸試圖利用各種方式讓櫻櫻能了解應該用什麼樣的態度處理這些人生問題。其中，最常用的方式為，爸爸列舉自己的親身經歷與櫻櫻分享，這種方式有如在聽爸爸講古、說故事，但故事與這封信的主題息息相關，格外有說服力。如在〈為什麼大家不理我？〉這一篇，爸爸講述自己如何誤會親密的朋友，與朋友決裂，互相賭氣，而自己也無法加入別人的團體，感覺孤獨，最後才發現朋友並非故意，而是有難言的苦衷，心結才順利化解，藉此告訴女兒櫻櫻，若受到別人冷落對待，必定有其原因，應該先學習不害怕，因為在還沒認識一個新環境之前，自己何嘗不是也單獨一人，況且這世界還有很多愛你的人，以此告訴櫻櫻放寬心胸、不要計較，也教導她不怕寂寞的重要。

這些都是爸爸透過自己的經驗與女兒分享心得，是非常高超的說教手法，通常爸媽若是遇到孩子犯錯，或者有困難，都會直接以嚴厲的方式訓教孩子，而林良選擇的方式不同，改以自己的親身經歷告訴孩子爸爸也曾經遇到相同的事情，犯過類似的錯誤，然後爸爸如何解決，得到了什麼啟示，這種間接的說教方式，讓孩子的接受度也大為增加。大人愛面子，其實孩子也是愛面子的。直接打擊孩子的痛處是非常要不得的，會讓他們顏面盡失，轉化成憤怒，接下來有什麼心事，孩子就會藏在心中，因為他們不想受到二次傷害。林良無意間也把教育孩子的方式教給老師父母，所以這本《爸爸的十六封信》不只孩子要讀，家長也要讀，從中學習林良對待孩子的方式。

林良詼諧的筆觸也在這本書裡層出不窮，許多幽默的對話都讓人不禁莞爾，例如在《人人都有自己的難題》中，有段爸爸和櫻櫻的對話是這樣的：

「你既然那麼睏、那麼累，你就先去睡吧。」我說。
「不行啊！去睡，明天就要吃鴨蛋啦！」你說。
「那麼，你就去念哪！」
「不行啊！我太累，念不下去了。」
「好，」我故意說，「把書放在這兒，我替你念！」
「爸爸！」你笑了，「我去想辦法好了。」

這段話只用了短短幾句對話，就把櫻櫻要睡覺還是要讀書的天人交戰的心情表現得淋漓盡致，而且非常有趣。

這十六封信中也展現出林良優異的文字說理能力，他總是能引經據典地說服讀者。例如在〈孔雀是不妒忌的〉一文中，林良一開始就引用英國作家對孔雀的觀察和觀點展開整封信件，讓人印象深刻，也把整封信要表達的內容，透過這段話作了很棒的詮釋。林良就有這種功夫，利用簡單易懂神來一筆的譬喻，既生動且說服力又強。這些信百看不厭，就好像在人生當中遇到了困難，爸爸坐在旁邊，聽你訴說心事，娓娓道來如何處理這些棘手的問題，心中得到溫暖慰藉，然後繼續走下去。

整本書十六封信、十六個主題，九篇與櫻櫻自己的心靈成長有關，另外七篇則與他人相處有關，主題不只照顧到孩子應該學習如何建立良好習慣與人生態度；他知道對孩子來說，朋友是最重要的，有時候還可能比父母重要，他也告訴孩子如何與人相處才能得到友誼，獲得快樂。

在《爸爸的十六封信》中，因為主題大多集中在談論心靈成長與交友的關係，受限於主題的關係，因此文章主要以敘事與說理為主，寫景的文字幾乎沒有；這類較為「硬」的敘事與說理文章，讀起來難免較為無趣，但是林良運用了一些技巧讓讀者不會覺察說教難嚼，反而覺得活潑有趣。生動活潑的對話、幽默的語言、「爸爸」的往事這三種林良的「化妝」手法，讓敘事說理的十六篇故事更為鮮活有趣，有了生命。

市面上勵志的書俯拾即是、眼花繚亂，為什麼我要特別介紹林良《爸爸的十六封信》這本書？因為這本書不只是單純的勵志書籍，其中充滿著豐盈的文學性。林良美麗的文字、精準的譬喻、幽默的筆鋒、引經據典的說理等等，皆值得孩子學習仿作；再加上書信中充滿著濃厚的人文味道，這都會在閱讀時不知不覺中薰陶著孩子。

為孩子寫兒童散文的人愈來愈少了，有林良這樣優秀的散文家真是臺灣兒童文學的福氣，但忍不住感慨，下一個林良在哪裡？

陽光少年遊

從本期開始，本版將推出臺東大學榮譽教授、兒童文學研究所創所所長林文寶先生主持的「阿寶說書」，定期推薦中國內地以外出版的、世界範圍內的新出好書，尤以臺灣地區的優秀童書為主，以饗讀者。林文寶先生長期致力於兒童文學研究和兒童閱讀推廣，為臺灣兒童文學研究界權威人士。

臺灣出版少年小說的老字號，東方出版社於今年7月開始，推出「陽光少年遊」系列作品，主編呂淑敏對於此系列的企劃緣起如此說明：在這裡，不是要為大人物作傳，而是為小人物寫精神，為尋常工作找價值。希望透過作者的筆，傳達出不同崗位上的人樂天安命、認真積極的生活智慧；透過小說的形式，提供孩子一些思考的依據；更希望初探社會的孩子能因此對周遭的人事物多一分愛惜與珍重。

此系列已經推出三本作品，分別為周姚萍的《種蘿蔔——熱血大哥的追夢計劃》、陳素宜的《我的爸爸會賣九層粄》和鄭宗弦的《快樂植物人》。前三本書的作者都由臺灣具名氣的少年小說家執筆。選題皆以臺灣少年目前可能遭受的生活課題為主，充斥濃厚的時代感，使得讀者於閱讀過程中，更容易引起共鳴，以便傳達樂觀向上的態度，符合陽光少年的宗旨。這些故事都有著關於愛與關懷的共同脈絡，大至對自然之愛、對社會弱勢之愛；小至對家人之愛、同儕之愛。

《種蘿蔔——熱血大哥的追夢計劃》講述著熱血大哥哥為沒錢去畢業旅行的小朋友募款的故事，學校師生、家庭親人與小區鄰友互相幫忙合作，從種植蘿蔔到銷售販賣，就為了讓小朋友能如願參加旅行；《我的爸爸會賣九層粄》講述的是一個被公司解僱的父親，靠著家人的鼓勵與支持，慢慢放下自己的身段，把阿婆教授的傳統美食九層粄經營得有聲有色的故事；還對同是販賣九層粄生意卻不好的同業伸出援手，幫助他們，令人動容；《快樂植物人》的故事大綱是，小如為購買喜愛的鉛筆盒，竟然偷錢，又栽贓誣賴同學，還好植物系的堂哥領她加入植物人贍養院的義工。照護過程中，小如獲得改變，更珍惜自己所擁有的一切，也懂得服務所獲得的喜樂，她同時積極說服同學一起加入服務的行列，關懷需要被幫助的弱勢。

從這些故事中，可約略拼湊出臺灣現在大致的生活面貌和許多熱門話題，例如怎樣保護傳統傳承文化、如何保護環境生態與自然共生、如何透過有機飲食獲得健康、如何善用網絡科技以便利生活等議題，這些話題似乎都可在最近的新聞中發現，「陽光少年遊」系列作品利用故事包裝這些現在的孩子可能會遭受的問題，帶領著他們，倚靠正向的價值觀，共同正視並且探究問題，並且藉此關心臺灣社會與環境。

另外，關於「陽光少年遊」書本內頁的版面設計，字體行距寬大、版面不擁擠，閱讀過程舒服沒有負擔。較為特別的是，這個系列還增添「眉批欄」，除了批注的功能，還設計路人甲乙丙的閒聊，與本文產生對話，嘗試與讀者互動，大膽且創意有趣的設計，考驗並且顛覆讀者的閱讀習慣，孩子能不能喜歡這種設計仍得觀察。最後，此書系也在故事結束，有個「達人筆記」的設計，提供跟故事相關的知識分享，讓孩子享受故事外，也能實質學習到相關的知識背景。

這系列小說，糅合教育、故事、生活與文化，試圖把這些元素串連起來，可看出這套書系對於關懷現代少年與社會的使命感與企圖心，此使命感也輒轉化為束縛，說教意味偏濃，但是很有默契的，作者皆以輕鬆幽默的筆法，掩飾故事可能帶來的過於沉重與無趣，因此整個閱讀過程還是愉快的。雖然缺乏奇想的驚喜趣味的確可惜，但卻增添一份關懷之心與土地情味，再加上此系列都是名家執筆，文字的穩定度和順暢都具一定的質量，是很適合兒童少年閱讀的輕小說。

我們的香
——故事奇想樹

小天下出版社是臺灣知名企業遠見・天下事業群的一部分，經過多年的籌劃，於2002年10月正式營業，創社宗旨為延續天下文化的理想，以少年兒童為對象，希望從小引導他們透過閱讀優良的叢書，培養變成卓越的未來公民，開拓他們一望無際的視野，譯名為「Global Kids」。

八年間，小天下已經出版許多優秀的兒童文學作品，不只致力翻譯推介國外精彩的兒童文學作品，也積極鼓勵臺灣兒童文學作家創作，於2009年10月推出「故事奇想樹」系列童書。編輯部總監李黨表示：「故事奇想樹」系列的每本故事，文字量在一到兩萬之間，用字淺顯易懂，幾乎每個跨頁都有插圖，不僅可以提升低中年級的閱讀趣味，還可以奠定孩子的語文能力和美學涵養，而透過一則則幽默的、冒險的、溫暖的、生活的故事，孩子還可以從中學習為人處世的應對能力，潛移默化自己的品德修養。

「故事奇想樹」系列作品以「橋樑書」形態自居，以精緻活潑的大量插圖為特色，文圖的比例將近三比二，在享受精彩的圖畫中，漸而引導孩子增加閱讀文字量，於圖畫書和純文本敘述中搭起橋樑，豐富閱讀樂趣。另則，此系列故事的走向於幽默風趣中夾藏溫情，孩子能在大笑過後感覺一股溫暖回甘，回味故事中處世的態度與美善的品德修養。

「故事奇想樹」系列作品均由臺灣本土作家執筆創作，由本土作家寫土地的故事，故事才能香。這股香是生長於這片土地的人不容易聞到的，甚至常被忽略，但是這股香已在出生時就悄悄被縫在這片土地每個人的靈魂上。

《用點心學校》是林哲璋的作品，我稱他的童話為「魔術童話」，而他是個「童話魔術師」。「用點心學校」是一所專門訓練各種點心變好吃的學校，各種點心幻化為角色，有棉花糖弟弟和草莓糖葫蘆妹妹、玉米弟弟等，故事幽默有趣。《用點心學校》仍維持他的一貫風格，這是一場以點心嘉年華會為主題的魔術童話。哲瑋睿智觀察每種點心的物性，以他特有的魔術棒——邏輯趣味，施法包裝。當讀者撕開包裝入口，魔術童話的趣味首先充滿口腔，最後讓讀者口齒留香的是他對人性的關懷、處世態度的提醒與教育這些議題。

《柿子色的街燈》是知名兒童文學作家陳素宜的作品，她喜歡把故鄉客家的人情文化風景透過故事傳達。故事大綱為燕子姨婆帶著大黃貓大咪，搬到了可欣家。可欣與姨婆感情很好。有一天，當可欣追著大咪時，卻發現姨婆房裡的儲藏室竟然可以通達另一個異空間，可欣穿梭在真假世界裡面，許多特別的冒險與經驗，從中可欣更了解到自己的文化與燕子姨婆。我說，童話是泡泡，《柿子色的街燈》是顆夕陽色的泡泡。泡泡由一層稀薄透明的肥皂水膜包裹，形成兩個世界，一個是泡泡內的世界，一個是泡泡外的世界。泡泡內的世界，是素宜精心調配的肥皂水所變出來的童話世界，乍看之下彷彿真實世界，但不要忘了，泡泡內的世界是有魔法的，所以你才會發現泡泡膜上竟然掛著彩虹。而泡泡外的世界就是真實的世界，與泡泡內的世界幾乎一樣，但是你會發現兩者是很不同的。泡泡，彷彿抓得到，但伸手去抓的時候，它已遠去；要再抓的時候，可能就破了；若真的被你抓到，也肯定只留下一手的肥皂水。泡泡就是那麼神祕。

《狐狸的錢袋》是賴曉珍的作品，故事談到一個法術很糟、又受到同儕排擠的小狐狸阿南，遇見了賣烏龍麵的阿旺爺爺。他們一起生活，感情相當好，但是爺爺罹患阿茲海默症，記憶隨著日子逐漸喪失凋零。阿南極度的悲傷，也在陪伴爺爺的日子裡，體會生命的尊嚴與價值，了解生命的意義，學習到獨立與愛。

這些作家均得過臺灣許多兒童文學獎，透過努力與耕耘，從中獲得養分成長，才有現在朵朵美麗燦爛花朵，雖然故事風格迥異，卻有各自的芬芳，美麗了臺灣這片童話土地，當然也獲得許多獎項的肯定。在翻譯作品大軍的橫掃下，可見作品的優秀，與此書系的成功。

牧笛獎

——臺灣童話獎的最高殿堂

國語日報兒童文學牧笛獎可說是臺灣兒童文學童話獎的最大獎項，首獎獎金高達十五萬元，亦是臺灣「單篇獎金最高」的兒童文學獎，只要年滿十八歲，以中文創作，參選作品尚未發表或出版，均可以參加，因為限制少，獎金高，參加作品眾多（來自世界各地），再加上評選過程嚴密，使得牧笛獎的代表性意義非凡，獲獎是許多童話創作者的目標，也是讓兒童文學愛好者與出版社認識的絕佳機會，踏入兒童文學的敲門磚。

1995年，國語日報四十七週年時創辦兒童文學牧笛獎，每兩年徵獎一次。林良先生曾說，設立兒童文學牧笛獎的目的是，兒童的心靈需要文學滋潤，希望更多人為文學創作努力、為兒童的心靈添補營養。而牧笛獎的獎牌由曹俊彥先生設計，一個牧童拿著牧笛，騎在牛背上吹奏著悠揚的音樂。牧童意指著孩子的形象，也暗示著童心，或者赤子之心。笛子吹奏著音樂，代表藝術的創作。而水牛是農村意象的代表，有為這片土地生長的孩子寫故事的深意。

牧笛獎一開始有兩個獎項：一個是童話組，一個是圖畫故事組。童話創作是以適合八歲到十二歲兒童閱讀的一篇童話為徵文內容，字數在一萬字到一萬兩千字為限（字數隨著每屆有些調整，現在字數為五千至七千字為限）。圖畫故事創作的適讀年齡在學齡前到三年級的小朋友，全書內頁至少三十頁，跨頁圖至少十幅，正十六開規格。作者可自寫自畫或文圖分開，兩人合作。另外，牧笛獎評審過程經過初選、複選與決選層層把關，透過多位兒童文學界的知名創作者與學者商討激論，得獎作品才得以誕生，兼具質量與代表性。

牧笛獎前三屆的獎項為首獎十五萬、優等獎十萬、佳作三萬。到第四屆，第一名獎金十五萬、第二名獎金十萬、第三名獎金八萬、佳作獎金三萬。前三屆的童話組與圖畫故事組，本來都分別成冊的方式出版，直到第四屆後，童話的部分以選篇合冊的方式出版。

優渥的獎金不只吸引臺灣的創作者，也吸引其他各地的創作者的加入，國語日報牧笛獎儼然成為華文世界重要的兒童文學指標與獎項，也培育出相當多的兒童文學創作者。最具代表性的，知名童話作家周銳即是牧笛獎童話組第一屆首獎得獎者。

去年2009年牧笛獎於國語日報六十週年時，徵獎規則有些許的修正，把每兩年舉辦一次的牧笛獎改為逐年舉辦，獎勵項目也由「童話」、「圖畫故事」兩項，改為「童話」一項，並獲得文建會支持，擔任贊助單位；出版的方式也有所改變，第八屆牧笛獎六篇得獎作品全部集結於《影子猴》一書（與以往不同，不再分冊），搭配精美的插圖，讓讀者一次就能享受六個精彩的童話故事。第八屆由蔡淑仁《影子猴三找仙丹》奪冠，作者融合傳統皮影戲與現代電玩元素，透過作品試圖在舊傳統與現在生活中找到出路，讓舊傳統的事物並不會隨著時代的變遷而被遺忘，是一篇難得的佳作。《影子猴》在市場有不錯的成績，也入選義大利博洛亞書展好書，廣受好評。

到2010年，牧笛獎已經堂堂邁入第九屆，投稿作品達一九〇件，榮獲第一名的是陳夢敏《浣熊街110號》，第二名陳昇群《腕龍101》，第三名顏志豪《亮片魚》。佳作三名分別是宋曉燕《木頭人》、李定偉《滿滿豬》、李瓊瑤《肚臍歷險記》。

六篇作品各具特色，《浣熊街110號》是篇大玩顏色的童話，以顏色為主題的童話不少，但此篇作品卻能寫出新意，實不簡單。作者扣住顏色的弔詭與多異性，把這篇童話玩得有聲有色。更重要的是，作者讓讀者感受到，應以智慧而非硬碰硬的方式化解棘手問題，饒富餘味，發人省思。

第二名《腕龍101》，想像力是這篇童話最大的成功之處，作者把臺灣最著名的地標——臺北101想像成一隻大腕龍，他幫助一個準備去看跨年煙火卻走失的小女孩成功找到媽媽，作品優美的語言讓故事溫馨有趣，是得獎作品中最有現代感的作品。

第三名是顏志豪《亮片魚》。孫子小實一直認為爺爺是殭屍，謎團一個個浮現，莫名出現的香味、會講話的魚，小實開始慢慢發現爺爺的祕密。本屆評審也是知名兒童文學作家林世仁認為，此作品堪稱是本屆筆法最具實驗性、最大膽的一篇，孫子對於失智阿公感到陌生和恐懼，文字魔幻、寫實，打破傳統童話的甜美敘述。

佳作有三篇，《木頭人》擁有優美的文字與動人的情節，故事有股淡淡的哀傷，於惆悵的情感中又隱然飄出一股芬芳與美麗。《滿滿豬》中，玉豬大帝為了體恤撲滿族的辛勞，所以每三十年可以放一天假，滿滿豬終於等到這一天，他碰到了小費箱、愛心捐款箱、公車投幣箱、電話亭等，發生許多有趣的事，在這個過程中也重新回顧與小主人的昔日記憶。《肚臍歷險記》是一篇以知識為題材的作品，閱讀過程中，能間接了解到身體的各種器官，雖然題材不新，卻能寫出新意。這六篇作品風格大異其趣，卻有各自的美麗與吸引力。

牧笛獎是創作者試身手的舞臺，作品常能反映出時代的創作風格與話題，也能廣納多元的創作聲音。

兒童閱讀就是要「瞎子摸象」

「瞎子摸象」給人的刻板印象是幼稚無知、以偏概全，或可說事實往往由於個人角度不同而給予不同的解釋。然而，從後現代的微觀視之，這似乎是經典的閱讀理論。

兒童是獨立的個體。兒童需要時間來成長、學習和發展，把兒童區別於成人來對待，不是歧視他們，而是認識到他們的特殊狀態。所有的兒童相對於成人來說都有特殊的需要，如智力上的、社會性上的、情緒的。兒童的學習、思考和感受有別於成人。相應的，兒童的閱讀更需要時間與累積。

《大腦與閱讀》一書認為，大腦的閱讀歷程也是逐漸形成的：神經元回收再用的假說認為文字是逐漸進駐到孩子的大腦中的，因為它在神經回路中找到了合適的位置，這些回路只要做些少許的改變就可以發揮功能了。大腦的歷程是嘗試與錯誤，這與文化實驗中文字演化的過程一樣，它必須在孩子的大腦中的視覺和語言迴路上試車，這個假說的主要預測是：閱讀逐漸輻輳到左邊枕一顳字母盒區。當孩子變成流利的閱讀者後，他的大腦裡的這個區域會慢慢變成專門處理文字，它與顳葉、額葉和前葉語言區的溝通也會增加。

神經元回收再用的假設使我們開始關注一歲之前的孩子，這時，閱讀還不是他們的議題。假如神經元回收再用的假說是對的，小孩子學習閱讀是因為他們大腦中本來就已經有需要的結構了——無論是感謝演化或是感謝早期的學習。在孩子接觸到他的第一堂閱讀課之前，他們天生的語言和視覺發展，應該準備好大腦來接受在這個新文化的練習中扮演著重要的角色。

個人認為兒童的閱讀理論在於「瞎子摸象」。「瞎子摸象」給人的刻板印象是幼稚無知、以偏概全，或可說事實往往由於個人角度不同而給予不同的解釋。然而，從後現代的微觀視之，這似乎是經典的閱讀理論。其間更契合兒童心理、生理與社會等方面的發展與需求。在閱讀方面，孩子不應該受「讀經典」的束縛，而應該「東摸摸，西摸摸」，在龐雜的閱讀中，去體會什麼是好書，什麼是自己喜歡閱讀的。

心理學、教育學與文學理論等方面的研究成果，為「瞎子摸象」閱讀理論的經典性提供了理論依據。

心理學：學習就是不斷試錯

學習是當代心理學中最重要的主題之一。由於研究方法不同，是以學習理論亦有差異，本文擬以行為心理學與認知發展心理學為例。

行為心理學中的嘗試錯誤學習是指學習的一種方式。在學習之初，個體對學習環境缺乏適當反應，只是以一般反應來應對新的情境。經過多次試錯後，有的反應有效，得到滿意結果而被保留下來，有的反應因為沒有效果或發生錯誤而被放棄。如此，經過多次練習之後，正確有效的反應逐漸增加，錯誤無效的反應逐漸減少，最後終能學習到只有正確而無錯誤反應的地步。

法籍瑞士人皮亞傑，是近代最有名的兒童心理學家。他的認知發展理論成為了這個學科的典範。皮亞傑依據生物的發展規律，認為個體組織環境和適應環境，是不可分開的活動。通過對軟體動物的觀察和研究，他認識到這些軟體動物，無時不對它所漂流到的新環境進行組織，以求適應。在這樣不斷的組織適應中，它自己也隨之發生演變。皮亞傑推論，一切人類的認知活動，也不外是它對知覺環境作出組織與適應的活動。

皮亞傑認為遺傳是決定個人智力機能不變素（functional invariants）的本質。因此，遺傳對個人的認知發展有很大的影響。但是，認知發展是個人的稟賦和實際生活經驗的結果，是以活動和經驗是促進認知發達的必要修件。而動機是同化和調節活動的內在的、自發的動力。這種動力不斷推動著認知能力的發展。皮亞傑認為在認知發展過程中，人不是反應刺激的機械，而是主觀選擇刺激，並作反應的主宰者，人在學習中具有主宰作用。

教育學：實踐教會學習

被稱為現代教育之父的杜威（John Dewey, 1859-1952）生於美國佛蒙特州的一個普通家庭，他是美國的哲學家、教育家。1896年，他創立一所實驗中學作為他教育理論的實驗基地，並任該校校長。杜威反對傳統的灌輸和機械的教育方法，主張從實踐中學習，他還提出教育即生活，學校即社會的口號。其教育理論強調個人的發展、對外界事務的理解以及通過經驗獲得知識。

杜威最重要的兩個教育思想：連續性以及「由做中學」（learning by doing）。教育的連續性是指，一個人如果念完一個教育階段，或是他念完了數學第一冊，卻不想再繼續念下去，這代表教育是失敗的。成功的教育是一直延續下去的，就是現在所謂的終生教育。

「由做中學」或「從經驗中學習」（learning from experiences）是在強調經驗的重要。經驗包含了主動與被動兩個要素。就主動方面來說，經驗是種嘗試或實驗；就被動方面來說，經驗就是從事行為的結果。當我們去經驗某種事務的時候，就包含了這兩個過程。又經驗有「嘗試錯誤式的學習」與「思考式的經驗」之分。而經驗的重點在於經過思考使其成為有意義的經驗。

因此杜威認為，創造充分的條件讓學習者去「經驗」是教育的關鍵：所謂經驗，本來是一件「主動而又被動的」（active-passive）事情，杜威把經驗當作主體和對象、有機體和環境之間的相互作用。他主張以這種進步的教育方法使學習者從活動中學習，經驗本身就是指學習主體與被認識的客體間互動的過程。

文學接受理論

從西方現代文學批評史脈絡，可發現文學解讀經歷三個明顯的階段，即作者中心論到文本中心論，乃至讀者中心論。讀者中心論，是說文本是無聲的存在者，直到有讀者開始閱讀的那一剎那，文本才活起來。讀者中心論意味著讀者是文學活動中最重要的元素，亦即重現讀者的主體性。

以讀者為中心的接受理論（或稱接受美學〔Receptional Aesthetic〕），在1960年的德國興起，重要的代表人物有漢斯．羅伯特．姚斯和沃爾夫岡．伊瑟爾。姚斯以「接受研究」為主軸；伊瑟以「反應研究」為重心。

沃爾夫岡．伊瑟爾是接受美學的創始人，其重要著作有《隱含的讀者：從班揚到貝克特的散文小說的交流模式》（1974）《閱讀行為：審美反應理論》（1978）。伊瑟爾強調文學作品中的文本所運用的語言，存有許多的「空白」與「不確定性」，造成文本的「召喚結構」。以此，「召喚結構」吸引讀者閱讀作品。閱讀的過程當中，讀者開始填補文本的空白與不確定性，加入創作文本的活動行列。另外，伊瑟爾也提出「隱含讀者」的概念，認為作者於創作的過程中，心中已有預設的「隱含讀者」存在，藉以揣測讀者的行為。

接受美學改寫文學史的撰寫方式，文學史不再只是作者與文本的歷史，而是將讀者納入文學史的角色，讀者在於本身的背景與時代的差異，作家與作品在文學史上的座標與定位也會跟著轉變。再則，文學史若缺少每個時代讀者的接受，文學史根本不存在，這就是接受美學基本的概念與想法。

推薦圖畫書

1.《鱷魚怕怕牙醫怕怕》，五味太郎文、圖，上誼編輯部譯，臺北市，上誼文化實業股份有限公司，2005年10月。
2.《七隻瞎老鼠》，艾德・楊文、圖，馬景賢譯，臺北市，臺灣英文雜誌社有限公司，1994年6月。
3.《比利得到三顆星》，佩特・哈金絲文、圖，高明美譯，臺北市，阿爾發國際文化事業有限公司，2010年3月。
4.《最厲害的妖怪》，佩特・哈金絲文、圖，張定綺譯，臺北市，遠流出版事業股份有限公司，2006年10月。
5.《高麗菜弟弟》，長新太文、圖，譚海澄譯，臺北市，臺灣麥克股份有限公司，2011年5月。
6.《髒話》，帝笛耶・慕尼耶文，克里斯提昂・佛茲圖，臺北市，三之三文化事業股份有限公司，2005年10月。
7.《蝌蚪的諾言》，珍・威莉絲文，湯尼・羅斯圖，張東君譯，臺北市，天下雜誌股份有限公司，2008年7月。
8.《莎莉，洗好澡了沒？》，約翰・伯翰罕文、圖，臺北市，遠流出版事業股份有限公司，2003年4月。
9.《莎莉，離水遠一點》，約翰・伯翰罕文、圖，臺北市，遠流出版事業股份有限公司，2001年11月。

10.《盲人摸象》，紙飛機改編，馬慧圖，北京市，北京師範大學出版社，2010年9月。
11.《野獸國》，莫里斯桑達克文、圖，臺北市，英文漢聲出版有限公司，1987年3月。
12.《別讓鴿子開公車！》，莫・樂威文、圖，許耀云譯，臺北市，天下遠見出版股份有限公司，2006年12月。
13.《有色人種》，杰侯姆・胡里埃文、圖，張淑瓊譯，新北市，和英出版社，2005年4月。
14.《小駝背》，黃春明文、圖，臺北市，皇冠文學出版有限公司，1993年5月。
15.《短鼻象》，黃春明文、圖，臺北市，皇冠文學出版有限公司，1993年5月。
16.《不是我的錯》，雷・克里斯強森文，迪克・史丹博格圖，周逸芬譯，新北市，和英出版社，2000年1月。
17.《蘋果是我的！》，福田直文、圖，黃郁欽譯，臺北市，天下雜誌股份有限公司，2008年5月。
18.《是誰嗯嗯在我的頭上？》，維爾納・霍爾茨瓦爾斯文，沃爾夫・埃爾布魯赫圖，臺北市，三之三文化事業股份有限公司，1999年5月。
19.《小黃點》，赫威・托雷文、圖，周婉湘譯，臺北市，上誼文化實業股份有限公司，2011年5月。

圖畫書

——吸引幼兒有法寶

一本圖畫書至少包含三種故事：文字說的故事、圖畫暗示的故事，及兩者結合後產生的故事。幼兒早期閱讀不可強迫，將早期學習打造成一種樂趣，才能發現孩子真正的天賦。

圖畫書是幼兒文學（編者注：幼兒文學是針對幼兒的年齡特點，以零至六週歲幼兒為主要接受對象而創作的文學）中的璀璨明珠，透過奇妙鮮活的圖像、生動有味的淺語，呈現世界萬物的潛在美質，開啟孩子的心靈之眼，藉以傳遞真的發現、善的啟示、美的洗禮，提供閱讀樂趣和藝術美感，啟發想像與創造力，成為幼兒認識自我、人際互動、探索世界的最佳媒介之一。

圖畫書的設計，主要是為了體貼學齡前後的幼兒，針對其識字與生活經驗有限的狀況，文字不會太多或過於艱澀，而且大多得靠大人代為念出，圖像是這個年齡層的幼童主要的閱讀內容，眼睛讀圖、耳朵聽故事，即可進入書中無遠弗屆的世界，優秀的圖畫書無疑是成人文明給幼兒的一份最佳禮物。

圖畫書應包含三個故事

圖畫書的閱讀對象以幼兒為主，但不以幼兒為限。製作圖畫書主要以幼兒的需求為考慮的前提，即學齡前後階段，二至八歲的孩子為主。但不以此為限，目前也有學者下修到嬰兒零歲開始閱讀，如李坤珊的《小小愛書人》，就是談零到三歲嬰幼兒的閱讀世界。近年來，圖畫書更因其多樣的出版形式及動人的意涵，吸引了廣大讀者，其讀者群不再限於幼兒，而成為零歲以上到成人都愛看的書。

圖畫書大都由圖像和文字共同合作敘事或傳達信息，但也有少部分「無字書」（Wordless Books）的作品，僅用圖像來完成說故事的功能。

因此，圖像不再只是文字的陪襯，而是更加強調圖像的連貫性與敘事功能，圖文巧妙搭配，發展出獨特的藝術形式。

佩里．諾德曼（編者注：加拿大溫尼伯大學教授，曾任兒童文學協會主席，並多年擔任《兒童文學協會季刊》的編輯，他著有兩部兒童文學專著《圖畫語言：兒童圖畫讀物的敘述藝術》和《兒童文學的樂趣》）認為，「傳達信息」是「知識性」作品的特色，「訴說故事」是「文學性」作品的重要任務。圖畫書的內容是掌握兒童身心發展而書寫的「文學性」與「知識性」作品，具有如下特質。

1 圖像的傳達性

圖畫書中的手繪插圖是畫家將「純粹繪畫」的美感特質，結合「美術設計」的傳達原理，配合文章內容所製作的「有條件、有目的的插畫」。

不管是傳遞知識性的正確信息或文學性的感性思維，精緻有創意的圖像構成，肩負「呈現訴說」的強烈意圖，各畫面之間連續性的設計，共同表達一個完整的意念。

2 文字的音樂性

給幼兒的圖畫書，文字篇幅大多不長，是經過藝術技巧處理過的

「淺語」。文字讀起來要順口，聽起來要順耳，是需要被大聲朗讀的「聽覺型文字」，要簡短精練像詩一般，節奏優美像兒歌一樣，不必要求押韻但要順暢、自然有韻律，若能配合故事情境調整句式長短、聲音抑揚頓挫，達到「聲情相合」的境界，更為可貴。

文字要與圖畫互相搭配，有時一個故事都由文字說盡了，加上圖反而顯得文字的囉唆累贅，文字要像珍珠項鍊上的線，完整稱職地將一個個如珍珠般的圖面連接起來，但並不因此而減損文字的情韻優美。

3 圖、文的合作性

文字與圖畫各以不同的方式傳達訊息，文字較擅長處理時間、因果、主從、內心思考等事件發生的關係，圖像則擅長處理空間場景、物體外表、角色造型等。

文與圖各擅勝場，交互作用、互相影響，拓展故事主題的藝術感染力，圖、文合作表現出來的成果才是「完整的故事」；在知識性圖畫書中，圖、文並呈才能簡單明瞭地解說知識。

諾德曼認為一本圖畫書至少包含三種故事：文字說的故事、圖畫暗示的故事，及兩者結合後產生的故事。

因此，圖畫書光讀文字或只看圖像，一定不如圖、文兩者合作建構的故事（或知識）來得精彩與完整，讀者常常在圖、文對照間歸納出故事真相而覺得滿足。

4 成書的設計性

圖畫書注重成書的硬體特質，如書的大小與形狀，或印刷時的紙質選用，封面、封底、乃至標題或字體選用、跨頁的圖文配置等整體設計，都需運用巧思以貫穿意念、深化敘事，使書本成為完滿俱足的藝術整體。

以互動、遊戲為設計主軸的鑿洞、拉頁、特殊觸感及立體書的紙藝架構，多樣化的創意呈現每本書的獨特設計性。

5 讀者的參與性

強調親子共讀，大人小孩一起參與生動的語言演奏。

包含了握住書本、翻頁、觸碰、指著插畫，以及將一本心愛的書抱近胸前的動作技能。包含察看插畫、詮釋插畫意義、尋找正文中所提的細節，以及反覆瀏覽喜愛影像的視覺技能。

引導幼兒運用視覺、聽覺、觸覺、肢體動作等身體感官投入，以及藝術審美、語言邏輯、創意思考等全人教育、全腦學習的高度參與性。

幼兒早期閱讀不可強迫

學前早期閱讀活動，是以繪本作為主題的統整學習。其構想是運用加德納（A. Gardner）的「多元智能」與馬斯洛（A. Maslow）的「人類需求」作為設計學習的思考方式，以及全語文的作法，希望將活動設計注入一些新生命。我們知道幼兒園的教育內容是全面的、啟蒙性的，可以相對劃分為健康、語言、社會、科學與藝術等五個領域，也可以從其他不同的角度促進幼兒情感、態度、能力、知識與技能等方面的發展。

因此，在以繪本為主題的學習中，可以選擇以下形式：自主閱讀與邏輯推理、領域延伸、創意道具與製作體驗、戲劇創編。其目的在於透過全面性、生活性、日常性與活動性，引發孩子的興趣、好奇與主動，進而激活孩子腦中的神經元，形成連接。神經元彼此連結，即是所謂的「神經元可塑性」，這種連結形成之後終生存在。

大腦是全身最大的能源消耗者，雖然只占體重的百分之二，卻用掉百分之二十的能量，因此，大腦必須把多餘的神經元修剪掉，以節省能源。修剪的原則是看這個神經元有沒有跟別人連接，是否是神經迴路的一環。一個落單的神經元是很容易被修剪掉的，就像一個落單的動物容易被敵人吃掉一樣。童年的經驗之所以重要，就是因為可以促使神經元連結不被修剪掉。

然而，人類大腦在每一個發展階段都必須有自己的「基本」課程。也許其中最重要的是根植於「情感大腦」的需求。神經科學的最新研究顯示：智力和情感發展密不可分。簡單的事實是，和其他事物相比，兒童更渴望的還是父母的愛和關注。

不論是在什麼年齡層，如果我們希望孩子有效學習，就應該將一些孩子基本的需求，如一個安全的環境、合理的行為界限當作最優先考慮的因素。還有，不要忘了一個擁抱，或者一段美妙的音樂都會讓孩子鎮定平靜下來。

在任何年齡階段，對大腦最有益的條件是穩定的情緒、全面的營養、足夠的玩樂和運動時間、注意睡眠時間，以及日常生活中選擇的機會和責任。

幼兒在學習過程中，不要有一絲絲強迫。在強迫下習得的知識無法改變心靈，所以不要訴諸強硬手段；將早期學習打造成一種樂趣，才能發現孩子真正的天賦。

當然，不論學習活動多完美，兒童仍非常需要成人的介入；身為父母與老師，以身作則與了解兒童是教養的不二法門。

繪本裡的滑稽美學

比起其他美的形態、創造方式，滑稽美學更能引起笑聲。滑稽美的無害使人感到沒有任何的負擔，可以開懷大笑，因為一切彷彿不是如此的重要。

兒童是否有自己的美學觀？或許已不用再質疑，然而真正論及兒童美學者，似乎又不多。或稱兒童美學有其自足與開放性；或說充滿稚氣的童真，是兒童文學最顯著、最首要的美學特徵；或稱兒童文學的美學特徵，主要表現在純真、稚拙、歡愉、變幻、質樸等方面。以上論說雖能切中兒童性，但有關美學的開展則不足。個人認為兒童文學的美學，以姚一葦（臺灣戲劇家、文藝理論家）的滑稽美學最具代表性。

滑稽美學以醜為美

姚一葦認為滑稽是一種美學範疇，並在美學光譜當中為它尋謀到一個位置，讓滑稽美學能被看見。他認為，滑稽美學是偏屬於醜的美學，不是秀美，不是悲壯，也不是崇高。相較而下，是偏屬低下粗俗的美學。比起其他美的形態、創造方式，滑稽美學更能引起笑聲。另外，滑稽美的無害使人感到沒有任何的負擔，可以開懷大笑，因為一切彷彿不是如此的重要。

姚一葦粗略先把滑稽依形式劃分，分為「滑稽的形象」、「滑稽的言詞」與「滑稽的動作」三類。再把「滑稽的言詞」分為殘陋的、淫褻的、機智的、幽默的、弔詭的及諷刺的六類。姚氏美學是以藝術尤其是戲劇的領域為主，與本文要探討繪本中的滑稽手法不大相同。

一者涉及兒童本身的思維，再者繪本基本上是由圖、文組成，並有圖文之間的關係。佩里・諾德曼（Perry Nodelman）在《閱讀兒童文學的樂趣・圖畫書》說：「一本圖畫書至少包含三種故事：文學構成的故事、圖畫暗示的故事，以及兩者結合後所產生的故事。第三種圖畫——也就是文與圖一起說的第三種故事——有些趣味是由其他兩種故事間的矛盾產生：這些書是利用形式上重要的雙重性來作反諷之用。」

因此，姚氏的滑稽形式三大類，實際上不適用兒童與繪本。從圖、文與圖文共構面呈現的效果出發，本人認為兒童繪本的滑稽形式有四：殘陋性、禁忌性、直觀性與遊戲性。至於其呈現手法，無論在圖、文或圖文共構等方面，要皆以超現實、漫畫式、卡通化（簡化、誇張）與童趣等手法為先。

繪本的殘陋性

所謂殘陋性，是指笨拙、錯誤、多餘、重複、粗俗、缺陷等。殘陋會讓人感覺比正常人低下，這就會使人發笑。簡單來說，殘陋就是在形象、行為或動作上有缺失，而本身卻不自知，而這些行為可能會產生笨拙感，令人覺得好笑。這裡的笨拙與缺漏，其實說穿了就是「醜」，以「醜」造成滑稽感。姚一葦覺得滑稽的醜，有不含不快、不含同情、不是嚴肅的，是低於常人的精神價值水平和自笑中消失等特點。誠如法國哲學家亨利・柏格森所言，僵硬會讓靈活的心靈活動凍結產生滑稽，而笨拙缺漏就是一種僵硬的行為，僵硬的行為特別容易讓人印象深刻，產生笑聲，就是因為僵硬會產生一種不自然感，在正常的行為中顯得格格不入，所以總會引起注意，讓人覺得奇怪，接著發出笑聲。

黃春明的圖畫書《小駝背》（臺灣皇冠文學，1993年5月）與《短鼻象》（臺灣皇冠文學，1993年5月）皆以殘陋的形象，塑造出醜的意象。小駝背跟常人不同，有個突出像龜殼的後背，短鼻象也因為違反大象鼻子長的常理，因而造成滑稽感。

繪本中的禁忌性

禁忌性是指大家所諱言的，如「髒話」、「情色」、「暴力」、「死亡」，在兒童文學作品當中，這些都被當作一種不可以提起的禁忌，如果不小心觸碰到禁忌，就會引起笑聲，經過刻意挑選後的兒童文學作品中，禁忌的內容很少出現，但還是可以看得見，多半人會認為這議題不能登上檯面，有粗俗、不文雅之疑，但伴隨著輕鬆的方式呈現，危險性跟著遞減，反而令人莞爾。另外一種禁忌是規範，成人總是給孩子設下許多禁忌，要他們遵守，倘若孩子看到這些禁忌被呈現，滑稽感因此產生。可見，孩子對禁忌的好奇與不敢觸碰的矛盾心理，這種緊張感會在某人觸犯禁忌後，產生笑聲。

《髒話》（臺灣三之三文化，2005年10月）與《是誰嗯嗯在我的頭上》（臺灣三之三文化，1999年5月；河北教育出版社，2008年10月）均以禁忌的素材為題，皆利用輕鬆有趣的情節處理，讓讀者莞爾一笑，化解禁忌的利銳與敏感。

繪本中的直觀性

直觀是哲學名詞，亦稱直覺，是說直接的領悟和覺察，不經過推理與經驗而獲得的知識。前面所提到的純真、稚拙、歡愉、變幻、質樸等特徵皆屬直觀性。直觀性是兒童思維的特徵，它富有想像、新奇、或過分誇張，它可以改善日常的景物，使任何無情的變為有情，它有自定一套主觀的推理方式，看似無理，卻生妙意。這就是所謂的「無理而妙」，或稱之為「反常和道」。蘇東坡說「詩以奇趣為宗，反常合道為趣」。所謂「無理而妙」、「反常合道」，細看又「人人意中」新闢境域。

兒童的直觀產生了童趣，在姚一葦看來，直觀的童趣是：機智、幽默、弔詭與諷刺。試分述如下：

機智性

機智（wit）是個非常曖昧的名詞。柏格森認為機智乃指思想的戲劇化，經常包含把對方的觀念引申到他所想的反面，亦即以子之矛，攻子之盾的意思。機智靠著出人意外與戲謔，使對方或第三者感到尷尬，故稍具傷人的程度，但是程度不大，大多是一種思想的遊戲。

《蘋果是我的》（臺北《天下雜誌》，2008年5月）中的小猴子因為搶到了一顆蘋果，緊抱著蘋果開溜，卻遭到眾動物的追討，最後從懸崖中跳了下去，沒想到他是假裝跳下去的，因此並未掉入懸崖。當大家離開後，小猴子才偷偷跑出來，不料眾動物離開也是假裝的，小猴子不得不把蘋果乖乖交出來。沒想到他抱著的不只是蘋果，還有兩隻小小猴子。大家看到一陣尷尬，想說算了。作者利用了兩次機智手法，一次是小猴子跳入懸崖，一次是懷裡不只有蘋果，還有兩隻小小猴子，讓眾動物把蘋果禮讓給猴子，也讓讀者產生笑聲。

《蝌蚪的諾言》（臺北《天下雜誌》，2008年7月）講述蝌蚪與毛毛蟲戀愛的故事。他們承諾對於彼此的愛不會改變，但是蝌蚪卻不斷地「改變」身體，毛毛蟲終於受不了，選擇離開。當毛毛蟲決定原諒蝌蚪時，毛毛蟲已經蛻變成蝶，而蝌蚪也成了青蛙。但是，青蛙並不知道，蝴蝶就是他所鍾愛的毛毛蟲。看到蝴蝶時，伸長舌頭就把他的愛人給吞下腹。作者利用毛毛蟲與蝌蚪均是變態動物的情況，使故事造就一種意外與戲謔，產生一種哲學況味，引發耐人尋味的笑聲。

幽默性

機智純然是理智的，而幽默則是理智中含有感情，它不僅不會傷害到別人，還具有一種同情的性質，這是幽默與機智最大的差別。機智與幽默同樣利用「智慧」達成效果，常以邏輯推理的方式推演，打破讀者對事理固定的看法，反而讓讀者感受到不同視野所帶來的新鮮，造成滑稽感。

《鱷魚怕怕牙醫怕怕》（上誼文化，2005年10月；明天出版社，2008年10月）中鱷魚怕看牙醫，因為怕牙疼；而牙醫也怕替鱷魚看病，因為懼怕被鱷魚的大嘴給吞了。作者選擇兩種在現實生活中不可能會碰在一起的角色，違背常理地相遇，帶來幽默的笑聲。

《別讓鴿子開公車》（天下遠見，2006年12月；新屋出版社，2012年6月）同樣採用這一手法，使得現實中不可能被聯想在一起的事物，互相連結，形成一種特別的幽默感。鴿子以喃喃自語的方式，央請別人讓他開公車，打破現實的定律，鴿子開公車會怎麼樣？這樣的安排製造出新鮮感，也反映出鴿子的可愛與滑稽。

弔詭性

弔詭（paradox）指的是似是而非或似非而是的邏輯概念，弔詭常背離一般的常識，成為一種荒唐的、自相矛盾的詭辯，故能製造滑稽感，但是在荒唐與滑稽之中往往有至理在。

《莎莉，洗好澡了沒？》（臺灣遠流，2003年4月；河北教育出版社，2011年8月）故事講的是媽媽在浴室外，催促著在浴室裡面待了許久的莎莉，可是她卻沉浸在自己的幻想世界。圖畫書裡一面是現實世界媽媽的催促，另一面是莎莉的幻想世界，形成弔詭，而《莎莉，離水遠一點》（臺灣遠流，2001年11月；河北教育出版社，2008年12月）使用相同的手法，製造出弔詭的特殊趣味。

諷刺性

諷刺（sarcasm 或 satire）所指涉者意義較廣，包含規諫在內。此種語言當然是理性的，其所以不同於機智，則在於其傷人之程度甚大，被諷刺之對方甚不好受。因為它的傷人的程度甚大，故不一定是滑稽的，也可能是嚴肅的。弔詭與諷刺均利用互相指涉的手法，達到借此喻彼，指桑罵槐的效果，造成豐富多義性，讓讀者會心，達到創作的目的。

《有色人種》（臺灣和英出版社，2005年4月；接力出版社，2011年1月）利用膚色的不同，暗諷種族間的歧視問題。在圖畫書中，只利用顏色的對比，產生有趣的情節，不著痕跡地達到諷刺的效果。《不是我的錯》（臺灣和英出版社，2000年1月；南海出版公司，2007年3月）敘述主角面對同學遭到欺負，卻坐視不理，說服自己事不關己。這是一本極具諷刺性的圖畫書，藉此諷刺社會的冷漠。

繪本中的遊戲性

遊戲性是兒童文學特殊屬性之一，喜愛遊戲是兒童的天性，也是他們的第二生命。對兒童來說，遊戲是工作、學習，也是生命的表現。遊戲是兒童獲取經驗、學習與實際操作的手段。從「遊戲中學習」是最有效的學習方式，因為其中具有創意、歡笑、美感與人性。

有人說遊戲是孩子的功課。遊戲對孩子來說是一個充滿魔力和想像的場所，孩子能在其中得到完全的釋放，從而成就自己。所謂「文化始於遊戲之中」，絕非空談與無稽之言。無意義更是遊戲性的極致。無意義指的是沒有任何道德訓示，純粹是詩歌的文字和音韻遊戲。而無意義的文字遊戲是為了讓孩子訓練、學習語言的使用。《兒童的無意義》（*Nonsense for Children*）也提到相同的觀點。它說：「無意義的另一個好處，就是允許孩童把語言的聲音和意義當作是一場遊戲，幫助孩子對語言的掌握。」這個觀點與滑稽的觀點完全吻合，滑稽在中國最早出現在《史記．滑稽列傳》。俳優使用滑稽的方式規諫帝王，因為帝王貴為一國之尊，若直接諫言可能會引起反效果，招惹殺身之禍，所以只好借著娛樂帝王之時，務諫言之實。這樣的效果能達到最好，而以無意義的方式訓練孩童的語言能力，也是如出一轍的方式。孩童不喜歡制式無聊的學習，若能在遊戲當中獲得學習之，何樂而不為。

《高麗菜弟弟》（臺灣麥克，2011年5月）利用各種動物在吃掉高麗菜後會變成什麼樣子為創作想法。作品中誇張的想像沒有任何道理可言，造成讀者摸不著頭緒而發笑的效果。在名為《小黃點》（上誼文化，2011年5月）的圖畫書中，作者使用文字指示讀者，讀者若依照圖畫書中的指令行事，在翻頁時，各種顏色的圓點會有各種狀態的變化，使得讀者產生回饋報酬的錯覺，因而產生笑聲。

臺灣閱讀推廣的三駕馬車

閱讀有必要成為一門專業的學科。它是不屬於國語的另一個專業，是專業的「閱讀」課，有它的課程與教學，其目的在於教會孩子學會學習。

國小課程標準、民間的閱讀運動與教育當局的閱讀政策共同推進了二十世紀80年代以來臺灣地區閱讀的興起與發展，成為推動臺灣閱讀的三駕馬車。

國小課程標準中的閱讀

臺灣的教育政策，皆與1949年12月撤退前的國民黨政府有關，且與現代化息息相關。

小學語文教材演變過程中，曾有文白之爭、讀經與否與鳥言獸語之爭，但以兒童文學為主軸的呼聲一直不斷。1920年，中華民國頒布的《各科課程綱要》提議「小學國文科讀書教材的內容，應以兒童文學為中心」。教育部下令改國文為國語，並令小學教科書一律改用語體文編輯，並注意兒童文學。

臺灣地區課程標準的改變，主要與教科書開放審定有關。1993年2月公布的新課程標準，對國語科教材綱要在架構上最大的改變是：增加了「課外閱讀」一項。試將不同年級課程標準中，增加「課外閱讀」，且有了教材綱要，顯示兩個意義：一、國語科教學目標本來就需要靠大量閱讀的協助更容易達成，隨著經濟的發達、教育經費的逐漸擴充，各校都應普設圖書館，備置大量讀物，以供兒童學習的需要。二、伴隨著知識的迅速擴充和終生學習的需要，應該從小開始培養利用圖書館的習慣和搜尋數據的能力，這樣才能適應未來工作生活的需要。

從1929年開始的課程標準皆非常重視課外閱讀。就課外閱讀的稱謂而言，1929、1941年用的「讀書教學」，1948年以後改用「閱讀教學」。1962年以後增加了四種閱讀能力，1993年則在教材中增加了「課外閱讀」，與注音符號、說話、讀書、作文、寫字並列。2008年公布的《中小學九年一貫課程綱要》則稱之為「閱讀能力」，綱要提出，閱讀教材宜涵括國內外文學中具代表性的作品，以增進學生對多元文化的認識、了解及尊重。在培養學生的閱讀能力方面，指導學生了解及使用圖書室的設施和圖書，能熟練地應用工具書乃至計算機網絡，蒐集信息，廣泛閱讀，以養成主動探索研究的能力。

綜觀課程標準中有關閱讀或課外閱讀都強調：課外閱讀很重要，課外閱讀要指導與考察，要另編國語科補充讀物，課外讀物要與教材配合。

閱讀或課外閱讀，基本上皆歸屬國語的「讀書」。所謂的閱讀或課外閱讀，除上述現象外，不見可行的教學目標、課程與教學法。目前各縣市學校似乎皆以教師自主、學校本位、空白課程等方式補充之。

民間的閱讀推廣

二十世紀80年代以後，臺灣人民開始有較高的可支配收入，其「娛樂、消遣、教育及文化服務」直到1979年才超過百分之十。此時的臺灣教育開始實現教育普及、推動成人教育、終生學習，尤其注重對於兒童文學的普及教育。

讀書會的成立，與政治、社會與經濟的發展息息相關。就大趨勢而言，1970年以後，已是顯著的回歸寫實與本土化。尤其是1980年代以來的臺灣，無論在政治、經濟、社會或文化方面，都面臨激烈的變遷且遭遇到強烈的挑戰。面對這些挑戰與變遷，臺灣本土意識因此而勃興，並促使知識分子開始嚴肅思考臺灣作為文化主體地位的意涵。讀書會的崛起，是這股臺灣本土意識覺醒的結果。只是這些果實是政府借民間社會力量，且大力推進的結果。

揭開讀書會序幕者陳來紅於《袋鼠媽媽讀書會》一書有云：

> 記得在1984年，我們聘請當時甫學成回臺島的柯華葳博士，開設一系列「父母效能訓練課程」。課程告一段落，楊茂秀教授在柯博士的轉介之下，為我們主持為期一年多的「教育哲學課程」。
> 1985年，筆者在柯博士鼓勵之下，以「媽媽充電會」之名，跨出勇敢的第一步，自組讀書會。一群原來只是學習功文數學的家長所組成的讀書會，由於其中一位在報紙上寫了文章，結果引來許多渴望加入的朋友。

陳來紅因此走入了小區文化的推廣活動。而楊茂秀早已於1979年2月將兒童哲學的第一本教材《哲學教室》譯為中文（臺灣學生書局印行），並點狀式地在一些幼兒園散播了它的種子。為更進一步推廣兒童哲學，楊茂秀將原來的毛毛蟲兒童哲學工作室擴展為「財團法人毛毛蟲兒童哲學基金會」，1990年3月正式運作。

臺灣因有讀書會而有了故事媽媽，推動故事媽媽活動最早也最廣的機構即是「毛毛蟲兒童哲學基金會」，1995年開始，毛毛蟲兒童哲學基金會安排一系列的故事媽媽研習課程，有系統地培訓故事媽媽。1997年起連續五年承辦行政院文化建設委員會「書香滿寶島故事媽媽研習計劃」，於臺北縣等九大縣市培訓故事媽媽，參與培訓之故事媽媽人數多達千人。經過培訓後，一批批的故事種子即刻回到學校、社區為孩子說故事、或帶領兒童讀書會。同時毛毛蟲基金會更鼓勵媽媽們組織化從事服務推廣，各地的故事媽媽團體及故事協會，如雨後春筍般陸續成立，帶動了閱讀熱潮。目前全省共計有二十四個故事媽媽團體。

個人也因緣際會，於1996年接掌毛毛蟲基金會，至2008年6月卸任。前後約有十來年時間，這是兒童閱讀推廣的黃金時間。

閱讀，在臺灣似乎成為全民運動。大家較為耳熟能詳的個人，有李家同、洪蘭、林真美；團體以各大企業的基金為主軸，其中又以「天下雜誌教育基金會」最為有名。他們也致力於「希望閱讀深耕計劃」，在二百所偏遠鄉鎮小學亦灑下閱讀種子。

民間力量激活了全國民眾的閱讀力，出版社也出版了許多與閱讀相關的論著。

教育當局政策推動

在政、產、學的齊力推動之下，閱讀儼然成為運動，讀書會更蔚為風氣，1996年，文建會調查蒐集了1694個讀書會通訊數據，這些都是與政府有聯繫的讀書會團體，若包括一些隱性的團體在內，當時約有六千個以上的讀書會團體存在。2000年被臺灣定為「兒童閱讀年」一系列培養兒童閱讀風氣的計劃開始實施。2000年5月，「兒童閱讀運動」興起，2000年7月19日通過「兒童閱讀實施計劃」，長期潛隱的能量爆發。

2006年，臺灣首次參加「PIRLS 國際閱讀素養」評比，結果卻出人意料。臺灣四年級孩子的閱讀理解能力，在四十五個國家和地區中名列二十二；而早年頻頻來臺灣「取經」、同樣使用繁體中文的香港地區，卻從第十四名躍升至第二名。

這個成績讓教育現場重新審視閱讀內涵：熱鬧的活動背後，真的能提升學生的閱讀素養嗎？種種非專業的「課外」活動，足以應付未來對「閱讀能力」的要求與挑戰嗎？臺灣推動閱讀，還缺少哪些環節？

PIRLS 評比公布的2007年，成為臺灣閱讀改革的轉折點，多年來，由學者專家、現場語文教師、政策制定單位掀起的「第二波閱讀行動」，開始看見了不同的方向與重點，在猶豫與嘗試間拉鋸、緩步前行。

「悅讀101」項目改變過去針對弱勢地區的輔助，轉為全面性的閱讀性的閱讀政策推動。自2000年開始的「Bookstart 小一新生閱讀起步走」，透過全面大量贈書，鼓勵孩子跨出閱讀的第一步。通過為新入校學生贈送閱讀禮袋、建置班級圖書角、為家長舉辦「親子閱讀講座」，分享如何和孩子進行閱讀、如何為孩子挑選好書、如何將閱讀融入生活中，以及如何通過親師合作，提升孩童的閱讀興趣，共同營造豐富的閱讀環境。

為了讓現場教師具備專業閱讀推動能力，臺灣自2008年10月辦理「閱讀教學策略開發與推廣計劃徵選」，參與徵選的所有方案都是大學學者與一線老師合作研究的閱讀教學策略，研究對象除關注一般學童外，如何提升弱勢及低成就學生的閱讀成效，也是探討的主題。目前方案已集結成「閱讀理解策略教學手冊」，供各校教師使用。

閱讀的推動除了圖書的增購外，更要有人力的配合。為培育國小圖書資源管理專業師資以有效管理學校圖書設備及資源、增進學童應用圖書數據之能力、建構學校之閱讀推動策略以提升學生閱讀與學習能力，臺灣於2010學年首度試辦「縣市國民中小學圖書館閱讀推動教師實施計劃」且頗有成效。同時，規劃「分區輔導網絡與建立典範學校計劃」，建立起閱讀教師及圖書館的運作模式；建立各縣市閱讀種子師資培訓制度，提升一線教師的專業能力。

但是，政府諸多相關閱讀的方案，似乎有失治標與虛應之嫌。或許我們需要的是「閱讀就是課程」，官方政策總是跟不上需要。

筆者認為，就小學生而言，教育的目標是：學會學習的方法、學會生活。這是一個學習的時代，如果我們確信閱讀是學習的基礎，也是教育的靈魂，那閱讀就有必要成為一門專業的學科。它是不屬於國語的另一個專業，是專業的「閱讀」課，有它的課程與教學，其目的在於教會孩子學會學習。

熱鬧的童話

——簡評《土豆皮蝸牛湯》

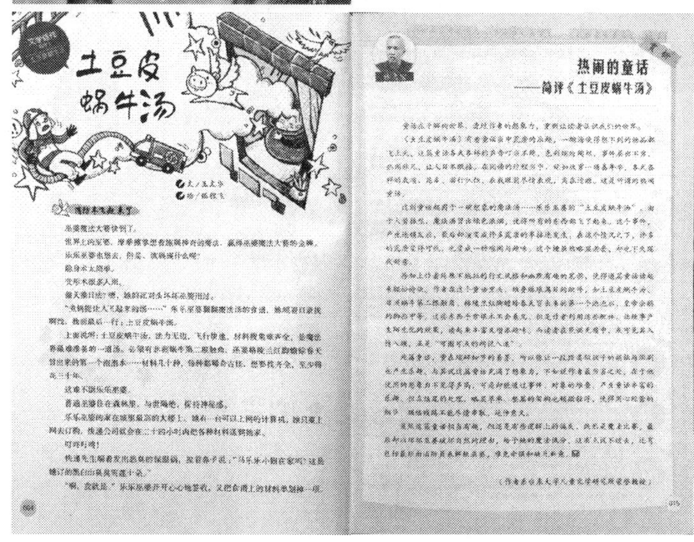

童話在於解構世界，透過作者的想像力，重新讓讀者認識我們的世界。

《土豆皮蝸牛湯》有著童話當中荒唐的樂趣，一碗湯使得想不到的物品都飛上天，這篇童話各式各樣的聲音叮噹不絕，色彩繽紛絢爛，事件層出不窮，熱鬧非凡，讓人目不暇接。在閱讀的過程當中，宛如欣賞一場嘉年華，各式各樣的表演、花車、遊行隊伍，在我眼前盡情表現，實在過癮。這是所謂的熱鬧童話。

這則童話起因於一碗想像的魔法湯——樂樂巫婆的「土豆皮蝸牛湯」，由於火勢猛烈，魔法湯冒出綠色濃煙，使得所有的東西都飛了起來。這個事件，產生連鎖反應，最後卻演變成許多荒唐的事接連發生，在這個情況之下，許多的荒唐變得可能，也變成一種喧鬧與趣味。這個梗雖然略顯老套，卻也不失現代新意。

再加上作者純熟不拖拉的行文風格和幽默有趣的筆調，使得通篇童話讀起來輕鬆愉快。作者在這個童話裡頭，堆疊琳琅滿目的配件，如土豆皮蝸牛湯、非洲蝸牛第二根觸角、格陵蘭紅腳蟾蜍春天冒出來的第一個泡泡水、皇帝企鵝的腳趾甲等。這些東西平常根本不會看見，但是作者利用這些配件，讓故事產生陌生化的效果，讀起來豐富又增添趣味。而讀者在荒誕無稽中，或可見其入情入理，正是「可圈可點的胡說八道」。

此篇童話，貴在瑣碎細節的著墨，所以能讓一段段類似孩子的胡扯與鬧劇也產生樂趣。與其說這篇童話充滿了想像力，不如說作者最厲害之處，在於他使用的想像力不見得多高，可是卻能透過事件、對象的堆疊，產生童話豐富的樂趣。但在結尾的處理，略顯草率。整篇的架構也稍微輕浮，使得用心經營的細節、聯絡線路不能盡情串聯，延伸意義。

雖然這篇童話相當有趣，但還是有些邏輯上的偏失，既然是魔法比賽，最後卻以壞壞巫婆破壞自然的理由，給予她的魔法低分，這有點說不過去，還有包括最後由消防員來解救巫婆，難免牽強和缺乏新意。

臺灣兒童文學的導師

阅读指导手册
儿童阅读的幸福花园
——台湾儿童文学专辑
福建少年儿童出版社
海峡儿童阅读研究中心
2014年3月
赠阅品

林良的作品，猶如中國太極的拳路，在行運流水的套路中，有著勻稱的呼吸，舒緩的節奏和到位的文字。乍看之下中規中矩，端詳才知其溫柔敦厚，不含糊虛弱，反而展現著渾厚內功，拳拳到肉，卻總能轉暴戾為溫柔，不血不腥；他的沉穩收斂，一派輕鬆寫意，無意間就使得讀者安靜下來，汲取風景。

兒童文學界「長青樹」林良先生的大壽，總是能成為臺灣兒童文學的一件盛事。常見他瞇眼微笑，走路緩慢穩當，慣有的低磁嗓音，總顯長者的風範與優雅。一副好心腸，一股好脾氣，一派老天真，見不著尊者的嚴肅，有的是老頑童似的兒童形象。「大人者，不失赤子之心。」他的心是屬於兒童的，也想必「赤子之心」就是他的養生之道。

林良先生於1946年自廈門來臺，先在「國語推行委員會」就職；1948年10月《國語日報》創刊，轉入《國語日報》擔任編輯。他投注兒童文學，不論是編、寫、譯、評、論均有豐富的產量與獨到的見地。陳正治在《神仙生活與責任生活的美好結晶》讚譽之：「臺灣的兒童文學由寂寞的一行，轉變為蓬勃發展、人人稱道的文化事業之一，其中貢獻心力最多的，首推林良先生。林先生是一位『溫、良、恭、儉、讓』的長者，他的為人，可謂當今聖人。林先生的文學作品、文學理論，以及努力出版兒童讀物，推廣兒童文學工作，都是大家一致讚揚、推崇的。」

林良先生自《國語日報》退休，將近一甲子的「新聞報業」生涯告一段落。他不同於一般新聞人，他關懷社會，更關懷兒童。他報導兒童，為兒童而寫。林良先生的一枝文筆，一寫六十年多。八十歲老翁，不見白髮蒼蒼，只見紅光滿面，他的「赤子之心」驅使他繼續「為兒童而寫」。黃瑞田在《永恆的小太陽》提及：「林良先生二十二歲就當了報社記者及副刊編輯，詩、散文、小說、評論無所不寫。在臺灣能夠持續寫作六十年多而創作力仍然豐沛的作家，放眼望去，只有林良先生。」

林良先生可謂是臺灣兒童文學「先行者」之一，他因兒童文學作品帶來的深遠影響，可尊崇為「導師」。林良先生為提升兒童文學的發展不辭辛勞，後繼者無不以他為標杆，追隨他，以他在兒童文學的努力與成就作為榜樣。而讀者更是喜歡他清新雋永、帶有淡淡幽默的作品。在臺灣幾乎無人不曾讀過林良先生的創作，他的兒童文學深深烙印在臺灣人的心中，陪伴每個人的成長歲月。如果每個人都是看《國語日報》長大，那麼就一定看過林良為兒童而寫的童話、散文、童詩和兒歌。當大人還是小孩的時候，讀故事時，「林良」是他們說故事的叔叔；當大人有了自己的小孩，當小孩唱起兒歌時，「林良」是陪伴他們入眠的爺爺。「林良」已是臺灣人成長的童年符號。

再以他的兒童散文《小太陽》為例，人人都讀過且為其中的情節深深感動。這本書的作者子敏，就是林良先生。他用過六個筆名，其中子敏最為人熟知。蔡清波在〈無量歡喜心〉一文說：「讓我們走進《小太陽》、《爸爸的十六封信》的時光隧道中，那真摯的感情熨平了多少家庭波動的心。林良先生為臺灣兒童文學奠定基礎，從《國語日報》的兒童文學週刊出版，到任職出版部經理出版無數優良兒童讀物，陪伴老、中、少三代的成長時光。」

林良先生曾經擔任臺灣兒童文學學會第一任理事長，帶動臺灣兒童文學進入一個高潮。周慧珠在〈慈悲自在〉一文中尊稱林良先生為「兒童文學界的菩薩」，乃因林良先生的作品具足「歡喜自在」與「慈悲為懷」。佛教界「玄奘以來第一人」的印順法師，初來臺時曾經在善導寺擔任佛學講座的「導師」，故尊稱為「印順導師」。林良先生是影響臺灣兒童文學最遠最深的人，畢其一生都在為兒童的文化貢獻心力，他是「臺灣兒童文學的第一人」。若尊稱林良先生為臺灣兒童文學的「導師」，也可說是實至名歸。

荒野中的一隻豹子

這是一個哲學性相當濃厚的一本圖畫書。

故事講述一隻豹子尋找同伴的過程，其中他遇到野鴿子、土撥鼠，還有橡樹，他們都跟豹子一樣找不到自己的同伴，不過他們卻有著不同的人生態度。故事所出現的生物似乎都僅剩下一個，不禁讓人懷疑他們都是生態浩劫的倖存者，因為他們沒有任何的同伴，只是孤單的存活在世界上。這本圖畫書的書名是《最後一隻豹子》，而故事的最後豹子也去世了，意謂所有的豹子全部絕跡。這樣的故事設定不免讓人聯想到是諷刺人類對於生態的破壞，才導致生物不斷的滅絕，故事中潛藏著濃厚的生態保育氣味。當豹子透過水面看到自已的模樣時，文中描寫：「那是多美麗的一隻豹子啊！」這句話透露出多大的悲歎，儘管豹子多麼美麗，以後任誰都看不到了，這可以說是對於人類最大的控訴與指責。

曹文軒喜歡讓美麗的事物死亡，死亡是一種解脫，也是一種美的延續。脫離肉體外表的死亡，才能達到精神上的美，這樣的美才可以無盡的延伸，達到靈魂的層次。豹子不放棄自己的理想，最終透過水面映照自己的模樣，才找到另外一隻豹子，完成夢想。最後豹子在期盼再次見到水中的豹子時過世了，讓這段美麗苦澀的尋找旅程畫下句點，也將美提升到精神上的價值，使得故事的韻味更為豐富有層次。

故事的結局使用鏡像收尾，不禁讓人想起拉岡的鏡像理論（Mirror Stage）。鏡像理論指的是：孩子在十五個月（一歲半）左右的時候，第一次看到鏡中自己時模樣的階段。當孩子第一次在鏡中看到自己時，會表現出極度的興奮與狂喜，猶如故事當中的豹子看到水中的自己一樣，這時候豹子會知道自己是個獨立的個體。與此同時，他也必須忍受與母親分離的痛苦，所以鏡像階段是一段既有分離的痛苦，也擁有認知到自己是個獨立整體的欣喜，這種滋味五味陳雜，猶如成長的苦澀滋味。

豹子在最後看到自己的身影時，卻誤認他是另外一隻豹子，沒有認出自己，可能是豹子太過疲倦與飢餓導致精神混亂所致；這種精神錯亂是否緣於自戀、固執、無知？果真如此，豹子將自己誤認為他者更顯得悲哀與淒涼，也更增加故事的惆悵。

我們可以更深入探討故事的最核心問題，為什麼非得要找到另外一隻豹子不可呢？故事並沒有任何的交代，不過或許我們可以揣測一下。他為什麼要找另外一隻豹子呢？有幾種可能。第一，他的豹子家族被抓走了，他想要找回他的夥伴，隨著故事繼續發展下去，證明這個推論是錯的；另外一種可能，他被遺棄了，他想要找回自己的親友，但是這個推論好像也不對。根據故事的線索，似乎這隻豹子打從有認知以來便沒有看過同類。如果將這個故事當作是段尋找自我的旅程最為合理，也最有味道。豹子在旅途當中，也就是在他的生命過程中，不斷的尋找自我的價值。經過漫漫旅程，他終於在水面上找到，圓了自己的夢。但是，他萬萬沒想到，水中的倒影竟然是他自己，他耽溺在幻影之中，猶如希臘羅馬神話顧影自憐的納西瑟斯，最後他們都邁向死亡之路。

其實故事當中，不只豹子在尋找自我，野鴿子、土撥鼠、橡樹也都有尋找同伴的念頭，不過他們卻有不同的人生觀。當豹子問土撥鼠：「你不想見其他的土撥鼠嗎？」土撥鼠卻非常驚訝的回答：「難道世界上還有第二隻土撥鼠嗎？」豹子憐憫的看了一眼無憂無慮的土撥鼠，又繼續踏上尋找之旅。另外橡樹的人生觀，雖然他似乎也想要尋找另一棵橡樹的想法，不過他只能待在原地，祝福他人追逐他們的夢想。豹子的固執、土撥鼠的無憂無慮，還有橡樹的順其自然，呈現三種截然不同的人生觀。沒有哪一個的人生觀是正確的，世界上的任何事只有選擇沒有對錯，豹子選擇踏上艱困的旅程，他得到收穫了嗎？

其實，人生就是不停的在尋找探索生命的過程，你可以像豹子一樣，為了目標堅持不懈；也可以像土撥鼠一樣，什麼都不想，沒有任何煩惱的度過一輩子，讓自己過得無憂無慮。無論是哪一種選擇，均有不同的風景，只要正視自己的選擇，勇敢向前邁進，沒有任何遺憾，這就是最好的選擇。但是，尋求的過程中要有自知或自覺——豹子似乎忘了自己身處在荒野中。

當你願意溫柔

翻開這本圖畫書，映入眼簾的第一張圖是一隻白馬還有一隻黑馬，一立一臥，朝著讀者看，就像是一張照片。這個畫面相當有意思，一來召喚著讀者，暗示著這個故事可能是你和我，漸而也訴說著他們的故事即將啟程。

故事的梗概是說，兩匹馬一起經歷過春夏秋冬，情感緊密。不過當美好的事物出現時，代表著作者已經偷偷埋下伏筆，暗藏著苦難即將降臨。果不其然，兩匹馬必須有一匹必須赴戰場服役，抽籤結果是白馬必須從軍，而黑馬留下來農事。兩匹馬遭遇分離的痛苦。未料，白馬不只沒戰死，而且成為功績彪炳的名馬。村莊的人以白馬為傲，而黑馬也替白馬感到開心。不過，命運的浪花總是一波接著一波，白馬並沒有風光太久，他受了重傷成了一匹廢馬，他的待遇沒了，只好回鄉養病，沒想到還落得主人嫌棄。但是，黑馬不離不棄，全心照顧白馬，黑馬終於被白馬感動，重新振作並恢復情誼，有著圓滿的結局。

這本繪本的書名不是兩匹馬，或者是白馬與黑馬，而是馬和馬，我喜歡這個書名。暗示著這兩匹馬，雖然都一樣是馬，卻有著不同的個性與際遇。書名的設計刻意將兩個馬字的顏色做黑與白的區別，使得讀出書名時都是馬，不過聲音卻暗示著兩個馬之間的不同，很棒的巧思。

的確，這兩匹馬是不同的，應該說世界上沒有兩匹一樣的馬，或者是兩個同樣的人。儘管他們是從小就形影不離的好友，也無法逃離命運的捉弄，使他們分離，不同的遭遇使得彼此的生活有了極大的變化。當讀者開始為了白馬充軍的遭遇感到難過時，沒想到翻到下一個頁面，讀者根本還措手不及，白馬就變成一個英雄，剛才還在偷偷為黑馬感到幸運的讀者，一定覺得自己是個傻子。未料在下個頁面，劇情又急起直下，白馬受傷退役一蹶不起，他什麼都做不了，連主人都給他最差的糧食，反之，黑馬還能從事農耕反而獲得最佳的草糧，好與壞在一來一往之間，讓讀者模糊難辨，也因此讓讀者從這際遇當中，得以檢視自身的命運，獲得更大的省思——生命總是不到最後一刻，不知道結局，所以切勿替自己的命運太早下定論，老天自有他的安排。

曹文軒善於處理情感，對於情感的捕捉細膩到位，換句話說，他是個非常聰明的作家，懂得人的樣子，因此他可以戲耍讀者，搞得讀者在閱讀故事時，心情一波三折，時而擔憂，時而生氣，時而焦躁，讓讀者讀得氣喘吁吁，滿頭大汗，最後才甘願放行，使得讀者能感受到在人性的糾葛纏綿中，嗅聞到人性的芬芳。曹文軒喜歡的美是崇高的、極度純粹的、像鑽石般的，所以必須得經過苦難昇華過的，才能撞擊出他的文學美學，雖然這是兩匹馬的故事，不過經過他的擬人化後也傳達出這樣的概念。

故事當中並未說明兩匹馬的性別，不過從一些畫面當中，不禁讓人懷疑兩匹馬是一公一母。在他們長成兩匹駿馬時，畫面呈現是滿月，兩匹馬站立對望，宛如一對情侶、夫妻。或許是朋友還是情侶並不重要，重要的是那份對彼此的情感，朋友與情侶也只不過是性別之分罷了。然而，人與人之間的情感相當的複雜，儘管是父子、夫妻、兄弟等，都可能有因名利世俗相恨記仇的一日。這也不難想像，事物人情總是一體雙面，愛的反面即是恨，所以愛得越深，常常也恨得越深。之所以由愛轉恨，通常是由比較或者嫉妒比較而生，但是故事當中的黑馬並未如此，他在白馬得意時反倒默默祝福，而最後在白馬被拋棄時仍舊照顧情誼在旁鼓勵打氣，扶植黑馬重新回到生活。曹文軒並沒有選擇使用激烈的愛恨情仇處理這個故事，而是溫柔地處理這個故事，我很喜歡這樣的溫柔。

此圖畫書使用西畫水彩，融合中國山水畫，甚至是版畫的方式呈現，表現不俗，引人耳目；粗獷流暢的線條，充分表現馬各種姿態之美。而整本書的顏色沉重低調，沒有鮮明的色調，再加上水墨感的渲染，使得時間空間似乎被抽離了，讓人分不清是在現實還是夢境之中，與一般的圖畫書明亮多彩的風格相當不同，偏暗色調或許也與較為愁苦的劇情調性吻合，相輔相成，不過卻風格獨具，別有一番風景。

細數通向世界的來時路

两岸儿童文学经典共读丛书
那年夏天·双子座
林文宝 汤素兰 主编
两岸儿童文学经典共读丛书
兔子邮差·小猫写信
林文宝 汤素兰 主编
两岸儿童文学经典共读丛书
竹精灵·偷回忆的贼
林文宝 汤素兰 主编
两岸儿童文学经典共读丛书
钢琴老屋·月光虫子
林文宝 汤素兰 主编

前陣子收到雙英編輯的郵件，告知《兩岸兒童文學經典共讀叢書》已經進入徵求作者同意階段，要我寫篇序言之類的文章。

與雙英討論編纂兩岸兒童文學選集，似乎是三年前的事。目前，兩岸交流雖頻繁，但其間仍有許多不同之處，是以，更可想像兩岸交流之初的各種現象。

綜觀臺灣近代的歷史，先後歷經荷蘭人占據三十八年（1624-1662）、西班牙局部占領十六年（1626-1642）、鄭成功掌控二十二年（1661-1683）、清朝治理二百餘年（1683-1895），以及日本占領五十年（1895-1945）。

1949年國民黨政府轉進臺灣，兩岸隔離，直到1987年解除長達三十八年的戒嚴令，臺灣當局同意民眾赴大陸探親，此後兩岸關係邁入新頁。兩岸隔離近百年，是民族的悲劇。兩岸關係再次接軌其間差距、異同的磨合，除以同源同文的「文化中國」為共同的立足處，更需要的是時間來調整。因此，所謂邁入新頁，只是打破了隔離的僵局，仍須兩岸開誠布公，相依相持。

兩岸兒童文學交流，就個人身分而言，或許始於邱各容。邱氏於1988年10月和當代文學史料研究社同仁赴上海參加中華文學史料學研討會，於上海會晤兒童文學界胡從經、洪汛濤等人。

至於最早的團體交流，則始於1989年，由會長林煥彰帶領訪問大陸，分別在安徽合肥、上海、北京三地，與大陸兒童文學作家舉行三次交流座談。這是所謂的兒童文學團體的破冰之旅，此行首開海峽兩岸兒童文學交流之先鋒，而大陸兒童文學研究會則成為當時兩岸兒童文學交流的重要窗口，於是乎兩岸兒童文學的交流漸成趨勢。

而我參與兩岸兒童文學交流，則始於籌備兒童文學研究所期間。1996年8月16日，臺東師院增設兒童文學研究所並進行籌備，聘我兼兒童文學研究所籌備處召集人。於是在1997年寒假期間，與語教系共同籌組訪問團到大陸做兒童文學活動，而後每年帶領學生參訪大陸有兒童文學研究的學校，並於暑假期間邀請學者到兒童文學研究所暑期班授課。

在兩岸交流過程中，作家作品的出版是交流的落實處，而作家與作品的全面性（含歷時性與並時性），更是交流過程中重要的準則。

大陸的兒童文學與臺灣的兒童文學，雖然始於同文化，但因為地理環境的阻隔，加上文化的斷裂，使得兩岸的兒童文學各自發展。河流分支、不同的土壤與溫度，造就兩岸的文學風景孕育出不同的特色。

大陸的兒童文學作品，濃情醇厚；臺灣的兒童文學作品，活潑趣味，各自芬芳。一個是彬彬有禮、聰穎可愛的好學生；一個卻是好玩，但饒富幻想的野孩子。兩者都有令人疼愛之處。造化捉弄，兩兄弟在歷史的洪流中，失散於兩地，好不容易再見，期盼手足能情深，互惜互賞，一起切磋影響，彼此美麗，共同精彩，再造可愛的兒童文學花園，這也是編輯此選輯的主要目的。

今將兩岸兒童文學作品並列，除他山之石可攻錯之外，更期待在「文化中國」的共同信念之下，為兩岸兒童文學搭起立足華文，並通往世界兒童文學之路的橋樑。

《父母是最好的作文老師》序

「父母是孩子最初的語文老師」，這是不爭的事實，只是大部分的父母不知道。在臺灣有一則廣告，廣告詞這麼說：「自從當了父親之後，才開始學習當父親。」意謂孩子生下來，當上父母之後，才學習如何教養孩子。父母也許要問，這樣會不會來不及？

其實，這沒有來得及或來不及的問題，只有觀念正不正確與執不執行的問題。

就從「父母是孩子最初的語文老師」這個觀念來講，可能引起很多父母不同的看法：「我不是語文老師，怎會教語文呢？」、「語文課程不就是學校老師的事嗎？」、「就算我要教，我也教不來。」

孩子最初的學習，先從模仿而來。他們講話的語彙、口音、習慣都是來自父母潛移默化的影響，不知不覺就學會了。怎能說爸媽不是語文老師呢？

只是父母隨生活習性進行未經系統化的語文導引而不自覺，有可能錯過了孩子的語文學習黃金期。

大部分的爸媽都將「學習」推給學校，尤其「語文學習」更是老師的責任。的確，孩子的語文學習，教師扮演著重要角色，在他們系統且專業的指導下，孩子的語文學習得以健全。

殊不知父母自己扮演的角色更重要，倘若自己具備語文教學的基礎觀念，與學校教師互相配合，相輔相成，那麼孩子在語文學習上將會事半功倍。

當孩子進入小學之後，語文學習躍升到寫作能力的培養，意即不只是語文的聽、說、讀，還加入能力升級的「寫」。

「寫」，就是「書寫」，寫作能力的表現。這對大部分父母而言，更加頭疼了。自己在聽、說、讀方面都已經懵懵懂懂不知如何指導了，碰上輔導「寫作」，幾乎是要舉白旗投降了。

系統化的寫作要有專業的作文教師指導。但是，父母因為未曾受過寫作專業訓練就不能教孩子作文了嗎？

答案顯然不是這樣的。回到「父母是孩子最初的語文老師」這個觀點來談，我們探索的是爸媽對作文教學在觀念上的問題；我們期待的是爸媽對作文教學在執行上的堅持；我們鼓舞的是爸媽對作文教學學習的自信，因為「父母是最好的作文老師」。

關於「父母是孩子最好的作文老師」這個觀念，蘋果樹下文學坊的伍萍老師注意到了。她在《父母是最好的作文老師》這本書中，專門要來談論這個議題，換言之，就是給父母提供「健全」的寫作教學的知識與方法，讓爸媽在家也能指導孩子寫作。

其實，這議題的另一層含義，也是告訴父母，有時父母扮演的語文教師的角色不是學校老師能取代的。只要有心去做，方法正確，帶來的效果往往具有「關鍵性」的導引作用。

父母的角色是通過學習而來的，不要因為不懂作文，就拒絕指導作文。這本書其實是一本孩子寫作培育的家庭手冊，就是在告訴父母怎麼導引孩子寫作文。

伍萍老師在《父母是最好的作文老師》中關於作文的教學觀念與具體作法，在分類上面面俱到，且觀點俱全。

父母通過作文與孩子形成生命共振，作文不是為了考試，而是生命經歷的一種表達。這一語道破的箴言，正點破父母的迷思。寫作是能力，展現思維與敘事的能力，可以支持各學科，服務各種學習。

生活是一座題材寶庫，正是說明觀察與體驗的重要，也就是「留心」的練習，唯有留心，才不會讓素材跑了。換言之，素材細節的掌握，才能將筆下的人事景物寫得細膩與動人。

伍萍老師是一位資深的專業寫作指導工作者，她知道如何具體地將「寫作方法」運用出來，告訴父母怎麼做。例如，寫作先從「問」開始。這個「問」就是思考。有思考，材料就進到腦子裡了。通過

「問」的要領，換醒孩子的回憶，然後串起寫作的思路。

她將閱讀導引，也放進這本書裡與父母分享。閱讀是積累「先備知識」最有效的方法，但父母的迷惑是孩子該讀什麼書？怎樣讓孩子擁有閱讀的興趣？孩子讀了書沒有長進怎麼辦？這些困惑父母的問題，書中將一一說明。

作文教學的另外一種訓練，是訓練孩子的創意。讓孩子的大腦動起來，多元思考的訓練，在寫作之中格外具有意義。從獨特的視角開始，表達豐沛的情感，到孩子「新鮮」的表達，這不外是讓孩子養成「獨立思考」的能力。

把成就感還給孩子，這裡再提供給父母一個觀念，藉寫作的歷程，作為鼓勵與表揚孩子的管道。寫作能力是可以被培養的，但培養的過程中，難免有低成就的階段，那麼父母如何發現孩子的優點？如何鼓勵孩子的進步？如何掌握孩子的亮點做有效的鼓勵？讓孩子有渴望發表的欲望，便是這個章節的要領。

作文難，作文不容易，但可以被指導。寫作能力是每個孩子必須養成的基本能力，父母不可忽視，因為寫作這樣的「敘事能力」，也正是孩子未來的競爭力。

阿凡提是誰？

讀阿凡提故事，啟動解決問題的思維

「阿凡提」不是虛構的角色，這樣一個機智人物，歷史上真有其人。他的名字叫作「納斯爾丁．阿凡提」。不過有趣的是，「阿凡提」是對人的尊稱，有「先生」、「老師」的意思。

阿凡提是十三世紀的土耳其人，出生在土耳其西南方的霍爾托村。他是清真寺主持公眾禮拜的領導人，所以阿凡提是一位信仰伊斯蘭教的神學家。

阿凡提長什麼樣子？據說在土耳其的伊斯坦布爾博物館，至今還保存著一張他的畫像——留著山羊鬚，包著頭巾，騎著小毛驢。據說阿凡提活到七十六歲，在土耳其南方的阿克謝希爾城逝世。

為什麼阿凡提的故事一直受到人們的歡迎呢？因為阿凡提運用他的智慧、機靈與幽默，化解自己面臨的危機，或是鼓勵人們積極向上。同時他也嘲笑人們的愚昧、無知，諷刺統治者的荒唐、無能。

幾百年來，阿凡提的故事和笑話一直流傳在民間，深受大家的喜愛，但從另一個角度深思，在令人捧腹大笑的故事背後，往往潛藏一些人生哲理。

後來，阿凡提的故事傳入新疆，並深植在維吾爾族人的心目中，成為一個「既真實又虛構」的傳奇人物。1958年以後，民間先後出版了十四種版本以上的阿凡提的故事，廣泛流傳，可見阿凡提的機智故事已深深融入人們的心裡。

「阿凡提」儼然已成為一個普遍名詞，他是智慧、幽默的象徵。所以，舉凡機智的故事，不論身分、背景、年代、地區，在改寫的過程中，不同的作者竟都有意無意地以阿凡提作為故事的主人公。

阿凡提不只是阿凡提，他引導孩子：在面臨問題時，要用智慧的方法。翻開阿凡提的故事，除了讀故事，還要讀故事背後的機智、幽默與哲理。

掌握故事的脈絡，作為啟發思考的方向。想想「如果是我，我會怎麼做呢？」，這才是通過閱讀阿凡提啟動解決問題的思維的方法。

本書作者在處理機智題材的「故事化」過程中，塑造了兼具老師、老爺爺及國策顧問形象的阿凡提，好以不同的面向來「講故事」。因為有這樣的韌性，作者掌握的機智材料，都可以變成「阿凡提故事」。

讀好書，在於讀出好書的精髓。作者筆下的阿凡提的智慧，無論運用在生活中，還是處理危機時，處處顯示臨危不亂、冷靜分析的本質。教導孩子，不就是從這些故事中得到方法嗎？

這本書還有一個值得推薦的地方：作者寫出的阿凡提，不是耍小聰明的阿凡提。在原型的故事裡，有許多情節講到阿凡提運用奸巧的手段，達到他的目的，本書避開了這種負面形象。由此可知，作者寫《機智阿凡提》，是希望為孩子帶來真智慧的陽光。

兒童閱讀的根基在於「樂趣」

王國維曾說：「凡一代有一代之文學。」可知文學具有時代性。因此所謂「文學」的概念，也是隨時代而有所變動。

在當下這個信息社會、消費社會、遊戲化社會，文學就是時代的商品。而這種商品，是產業，也是創意，亦即是文化創意產業。在文化經濟的時代，生活與藝術彼此跨越與滲透，所謂生活藝術化，藝術生活化，而其關鍵在於遊戲性與樂趣。

雖然李利安‧H‧史密斯在《歡欣歲月》一書中，極力強調為孩子選擇經典、有真實價值的書的重要性，但她仍然告誡我們，孩子閱讀的根基在於「樂趣」。而佩里‧諾德曼與梅維絲‧雷默則在《兒童文學的樂趣》中，質疑英語教授們常有一套他們深信不疑且視為理所當然的假設，他列舉了十二種假設，其中之一：

> 文學作品的好壞可以分辨，它們本質有好壞之分，而且固定不變。

諾德曼的質疑是：如果文學作品的好壞如此分明，那為何許多人，甚至包括文學專家，都在這些問題上意見不一？

壯哉斯言也，典範不再，於是乎有了「多元共生」與「眾聲喧嘩」的並存與共榮，這正是兒童成長歷程中必需的環境氛圍。

徐瑞蓮，是中國臺灣的童書作家，曾任雜誌採訪編輯、主編、動畫公司編輯、演藝公司企編，等等，目前是專職作家，作品有七十餘部。她能在時下流行的魔幻、推理、探險、懸疑、科幻、穿越時空的書寫中，直取有感的現實生活，這是一種書寫的態度。

徐瑞蓮的作品內容生動有趣，讀起來引人入勝。其實，寫給孩子看的書，不是為了教育兒童，而是為了引起他們的注意力和好奇心。過度彰揚文學性與經典，是忽視了兒童的起點行為，亦是不尊重兒童的主體性。

寄望徐瑞蓮的系列作品，能引起中國大陸小讀者的注意與好奇，進而為你們開啟閱讀的另一扇窗。

我讀《將軍胡同》

青铜葵花获奖作品 青铜奖
BRONZE SUNFLOWER CHILDREN'S FICTION PRIZE
青铜葵花
2015
中国
好书
将军胡同
史雷/著
人民文学出版社
天天出版社

史雷《將軍胡同》是2015年第一屆青銅葵花兒童小說獎，首獎「青銅獎」得主，「青銅葵花兒童小說獎」是以曹文軒的小說《青銅葵花》為獎項名稱的兒童小說徵獎。

《將軍胡同》是以抗日戰爭為背景，描繪圖將軍與姥爺一家人相處的故事，圖將軍是前清八旗的落魄子弟，紈袴敗家的他花盡家產，為求生存只好將部分房產賣給姥爺，因而結識姥爺一家，且與姥爺一家感情濃厚。在姥爺的鼓勵之下，放下身段屈身車夫賺錢生活，但命運作弄，最後死於日本槍桿子下，令人不勝唏噓。整本小說主要繞著圖將軍的生活故事演繹，因為圖將軍從小過著奢華生活，耳濡目染下精通各種遊戲文藝，他的博學也是此小說的一大看點。

小說是由姥爺的孫子（第一人稱「我」）的小男孩的口吻說故事。小男孩在故事裡的位置巧妙：他是姥爺的孫子，對於姥爺家的一舉一動瞭若指掌，由他來訴說姥爺家族親人間的羈絆與人情，更容易使讀者感同深受；除此之外，他又和圖將軍的關係緊密，透過他的視角更能讓圖將軍的形象顯得活潑自然，尤其他真的把圖將軍當作是個了不起的角色對待，喜歡與他玩耍。（每當我說完「標下給將軍請安」之後，他會高興地從長衫袖子裡掏出一只毛猴放到我面前，但並不給我，而是用京劇念白的腔調道：「本將軍要向大帥稟報軍機要事，你等退下吧。」，頁20）在故事當中，只有主角認為圖將軍是真的將軍，他對圖將軍的喜愛，與如同家家酒般的真情互動，不知不覺當中也感染了讀者，使得讀者更認同圖將軍的角色，這是作者選擇敘述視角成功之處。

此外，小說當中的遣詞用字格外講究，可見作者的確做足功課，嘗試在讀者面前一磚一瓦搭建起清末民初的風景，他仔細考察當時的語言與說話習慣，使得曾經風行於街道小巷的北京土語和方言，在作者的召喚之下紛紛唱名歸來，讓讀者在閱讀過程中，宛如時光倒轉置身於老北京之中，嗅聞當時氣息。不僅如此，作者對於老北京的風俗民情也下過功夫，無論是裡面的古物、食物、娛樂等民生活動的刻畫都不馬虎，養鴿子、鬥蛐蛐、看猴戲橋段的經營生動活潑、細緻精彩，充滿閱讀樂趣，帶領著讀者體驗清末民初的文化風景與生活。作者對於細節的堅持與不懈的耐心堆疊，讓故事長了骨肉，使得小說在主要的劇情之下，也能欣賞作者如數家珍的介紹蒐集而來的寶貝。除此之外，我特別喜歡將軍胡同裡面所表現的人情味道，圖將軍對於姥爺的義氣，老爺對於圖將軍的照顧，都令人動容。作者沒有太過刻意狗血式的情感敘述，而是不疾不徐的說著故事，故事之中充滿著日本對中國人的欺侮，使得讀者的情緒難免高漲激昂，不過我認為角色之間互助扶持，相互安慰的精神，反而更為溫暖感人。

《將軍胡同》一書是由八章串連而成，每一章是一個事件，其中有五個章節（分別是第二章鐵彈子、第三章美猴王，第四章老黃忠、第五章魚美人、第七章鐵蒼狼）是以一種設定好的玩物為故事發想展開為事件的結構，想見作者意圖使用蒐集而來北京所代表的傳統風俗與玩物串連整個小說，而主線劇情則是隱藏在這些看似無關的日常生活當中，這樣的作法不只可以讓作者展示北京的種種日常，也可以讓故事繼續走下去；不過也因為如此，為了刻意串連這些事件，章與章間的聯繫就顯得勉強薄弱，閱讀過程中也顯得較為凌散沒有焦點。過多的事件，並且夾雜著過多的物件安排，加上結尾似乎草率，因此讓小說有點失焦。

關於這本書的主題，表面上是看著圖將軍與姥爺一家的情感，但是仔細推敲，故事的主軸似乎又繞在描寫日本軍對於人民的迫害，一次又一次的迫害事件，讓閱讀者情緒越來越低落，最後故事以圖將軍的死亡結束，作者帶給小讀者氣憤填膺及哀傷愁苦的情緒，然後就拍拍褲子走人，作者的意圖到底是什麼？況且每個事件的鋪陳似乎都是為了強調日軍欺負中國人，作者的過度使力，反而讓小說似乎被銬上沉重枷鎖，限制了手腳，施展不開來，走走停停，斷斷續續，故事的連貫性與精采度大受影響。我就在思考一件事，《將軍胡同》到底要告訴我們什麼？也就是這個建築師到底為什麼蓋這個房子？

沒錯，我想問的是：關於《將軍胡同》這本小說，作者到底要說什麼？他到底要表達什麼？這個答案我似乎沒在這本小說當中看見，唯一清楚的是：日本人太壞了，真的是壞極了，僅此而已。當然對於姥爺和圖將軍的友情與圖將軍愛國之心，也是作者極力耕耘，但似乎都是點到為止，並未深入刻畫，實為可惜。若作者能仔細去思考這個問題，這本書到底要帶給孩子什麼？仇恨？溫情？懷舊？樂趣？我相信只要作者想通這個問題，這本小說會如虎添翼，畢竟這是一本兒童小說，它就是有現成特定的讀者，不同於一般成人小說。小說到底要說什麼，是相當重要的問題，這也是能圈起細節的祕訣，若只是注重細節，反而因小失大，鬧得讀者團團轉。

在人物刻寫方面，似乎也較為平面簡單，書中一開始就大費周章的安排秀兒出場，不過卻在後面的章節裡頭，看不到這個小女孩的個性，只知道她成天想著父親回來與後來想盡辦法要搭救父親，其他關於這個女孩子的個性就不得而知了。另外較為可惜的是第一人稱的優勢也沒有完全發揮：第一人稱敘事貴在可以從這個小孩的視野裡，得知這個孩子（我）的個性與想法，不過這個第一人稱似乎起不了什麼很大的作用，也就是太沒個性了，跟第三人稱較為平實客觀的敘事並無差異。全書角色中只有圖將軍的角色顯得較為鮮明，有些轉折，不過較為可惜的是，似乎在小說中似乎也沒看到圖將軍的中心思想。作者在選題上有很大的企圖，這是值得鼓勵，而且這是一座很難爬的高山，想爬也要有點能力，不知以上評述是否得當？

漪然，依然

漪然的過世絕對是中國兒童文學很大的損失。

其實，知道漪然這個人，是因為看到她的作品；進而知道她創辦了「小書房，世界兒童文學網」，這是一個兒童文學公益閱讀網站，擁有不小的名氣，之後才耳聞她的故事，知道她是個自學成功的傳奇人物，期待有天能見上她一面，沒想到竟然就沒機會。

從她的作品中，知道她是個天真、浪漫、多情的兒童文學作家，作品展現非凡的創意、趣味，以及溫暖真摯的情意，相當的難得；除了要有過人的天分外，還必須要有一顆憫人的赤子之心，才有能力寫出如此傑出的作品。可惜她就像流星，只短暫的劃過中國兒童文學的夜空，在綻放出燦爛的光芒時，馬上就戛然隕落，徒留給讀者滿滿的錯愕與思念。

唉！美好的東西總只是一現！

日子過得很快，不知不覺中她已經離開我們快一年，沒想到收到主編來信，邀請我給漪然的新書寫推薦文，感動不已。老天真是捉弄人啊！沒想到我們會是以這樣的方式相見；不過，更令我感動的是，並不是只有我記得她，其實大家都掛念著她。

北京聯合出版社竟然打破時間與空間的藩籬，讓漪然重新回到我們身旁，使得我們能再次感受到她文字的溫度。我可想像這本書的問世並不容易，再加上十四家出版社能共襄盛舉，更令人動容。

這本書可以說是漪然閱讀兒童文學經典作品的心得所感，書的中間還穿插寫給安徒生的童詩，是個很有趣的巧思，猶如漪然的童話作品，希望讀者能玩一下遊戲之後再繼續閱讀，我相當喜歡這樣的設計。與其說這是本漪然閱讀心得的書，不如說這是漪然透過這些經典的兒童文學作品，反芻並與自己對話的作品，裡面隱藏著她的創作觀與美學觀，字字句句都是她最真摯的情感與想法，讓我們更了解她對於兒童文學創作的理念，還有對於人生的所感所觸。

衷心推薦這本書給兒童文學創作者、熱愛兒童文學的工作者，還有想要陪伴兒童閱讀的父母與老師，這本書或許都能給你們一些啟發。

這本書是漪然再次送給中國兒童文學的一份珍貴的禮物。

和好袋鼠蹦蹦一起蹦啊蹦

閱讀不僅能刺激孩子的想像力，還是幫助他們理解世界的很好方式。不過年齡不大的讀者恐怕還沒有能力選擇閱讀的書籍，於是如何為他們挑選圖書就變得相當重要。這套圖文故事書就是為了這些剛進入閱讀領域的孩子所設計的，它既有圖畫書中美麗的插圖，也有著小說般的故事敘事；又因為頁面的一半是插圖，另一半是文字，所以孩子在閱讀的過程中，若遇到不能理解的文字敘事，就可透過一旁的插圖猜測故事的脈胳，達到自主學習的效果。

為孩子選擇好的圖文故事書相當重要，我提供下列原則，讓家長或者教育者有個可以參考的標準：

第一，選擇樂觀、有趣的故事。孩子總是喜歡調皮搗蛋，有趣的故事不僅能提升孩子閱讀的興致，還能培養他們幽默樂觀的個性。

第二，選擇想像力豐富的故事。孩子還處在熟悉這個世界的過程中，所以簡單的文字敘述可以深深吸引他們，進而促發他們對世界的好奇與想像，例如動物的故事，或者幻想故事都非常適合。

第三，簡單明瞭的文字風格。孩子在閱讀時，會不自覺地學習模仿作家的遣詞造句和敘事方式。如果能挑選簡單、清晰的文字風格，便可以讓孩子很快理解故事，更能培養他們使用正確精練的文字的習慣。

《好袋鼠蹦蹦》便是一本符合上述標準的可愛的圖文故事書。它由十章，也就是十個事件所組成，每一個事件占一千字左右的篇幅。這非常適合年齡不大、閱讀經驗還沒成熟的孩子閱讀。

《好袋鼠蹦蹦》充滿天馬行空的奇思異想，創意和想像力十足。比如袋鼠蹦蹦到超市應徵服務員，因為她肚子上有個袋袋，所以就被成功錄取，成為超市裡的購物車。這些情節在成人的眼裡可能會顯得荒謬或者邏輯不通，甚至沒有任何意義，這時成人就會劈頭蓋臉地問：「這個故事到底要說什麼？這個故事要教小朋友什麼？」這是正常的，因為成人在現實的世界裡，他們時刻被提醒要「做有意義的事」。

不過，大人們請放輕鬆！對於孩子而言，意義或許沒有那麼重要，重要的是如何遊戲與發掘樂趣，如何能在遊戲的過程中快樂自主學習。如果成人能陪讀，在旁協助引導孩子故事發展的可能性，或者對孩子發問，繼而引發討論，那麼不僅能促進孩子思考能力的培養，亦能與孩子一起享受親子共讀的芬芳時光。放下現實的煩惱，和好袋鼠蹦蹦一起蹦啊蹦！

也說個晚安故事

让讲故事变得有趣而简单，
让父母成为孩子的故事大王
用故事说晚安
与孩子共享
奇迹般的睡前时光
[美] 约翰·奥利弗（John Olive）著 华春沁 译
著名儿童文学家 林文宝
悠贝亲子图书馆创始人 林丹
作序
推荐
幽幽夜光
故事汪洋
机械工业出版社
CHINA MACHINE PRESS

晚安故事，或稱之為床邊故事、床邊閱讀，它是緣之於源遠流長的說書或說講故事的傳統。而西方在文藝復興之後，將這種說講故事引入私人生活裡，而在整個私人生活方式裡，閱讀和禮節相同，都是其中的主要成分。

由十六世紀到十八世紀流傳下來的日記、木刻畫與油畫，可以看出「家庭閱讀」，是那個時代的主要閱讀型態，夫婦之間、親子之間，都固定以朗讀的方式一起讀書。這種方式還可以擴及親友，它是後來的「沙龍傳統」之起源，而「家庭閱讀」則延伸出直到現在仍繼續存在的「睡前故事」傳統。

故事的魅力，已無庸置疑，而晚安故事已成為一種儀式，讓孩子知道，特別的時刻到了。而本書作者不但說講故事，更是將晚安故事賦予新意與專業。

全書分為三部分：

第一部分：幽幽夜光

它是本書的導讀，它提供許多說故事的小竅門：包括如何布置孩子的房間、如何提前準備故事，以及如何有效地講故事，它將晚安故事專業規格化，其中最值得稱道之處是規則的確立。它認為在晚安故事的講述過程中，雖然規則不多，但有兩條卻必須嚴格執行：一是「頭枕枕頭」，只有當孩子躺下，頭枕著枕頭時，才能開始講故事，反之，就得停止；二是必須保持安靜。它的幽默理由是故事是很害羞的，它們很容易就受到驚嚇。

第二部分：故事汪洋

也就是對晚安故事的分類。就形式來說，主要分成一夜故事與多夜故事，至於多夜故事，多到多少，則是父母與子女的事。又就內容而言，則故事類型頗多，正如安東尼·布朗《我愛讀書》中所說的，我喜歡各種各樣的書。故事分類因人而異，但要以適合兒童為主，當然晚安故事自當以溫馨為宜。

第三部分：最佳禮物

這部分可說是晚安故事的成長版，也是作者創意所在。作者為讀者闡釋了原創故事的步驟，並為讀者提供了一個簡單的「1-2-3步驟創編故事法」。

作者企圖將說講故事，融入人們日常生活中的晚安故事，讓這古老而美妙的說故事為孩子和家人帶入無窮歡樂。

如果，你能為孩子說晚安故事，我相信：你不但會很開心地發現說故事是多麼容易掌握；而且你的孩子也會愛上你所說講的故事。

如果，你也進而編寫故事，說不定你就會成為故事能手，或許一個不容小覷的家庭式作坊行業冉冉升起。

不用驚奇，也不必訝異，你已然走在一條芳草鮮美且落實繽紛的陽光大道上。

共讀繪本的召喚

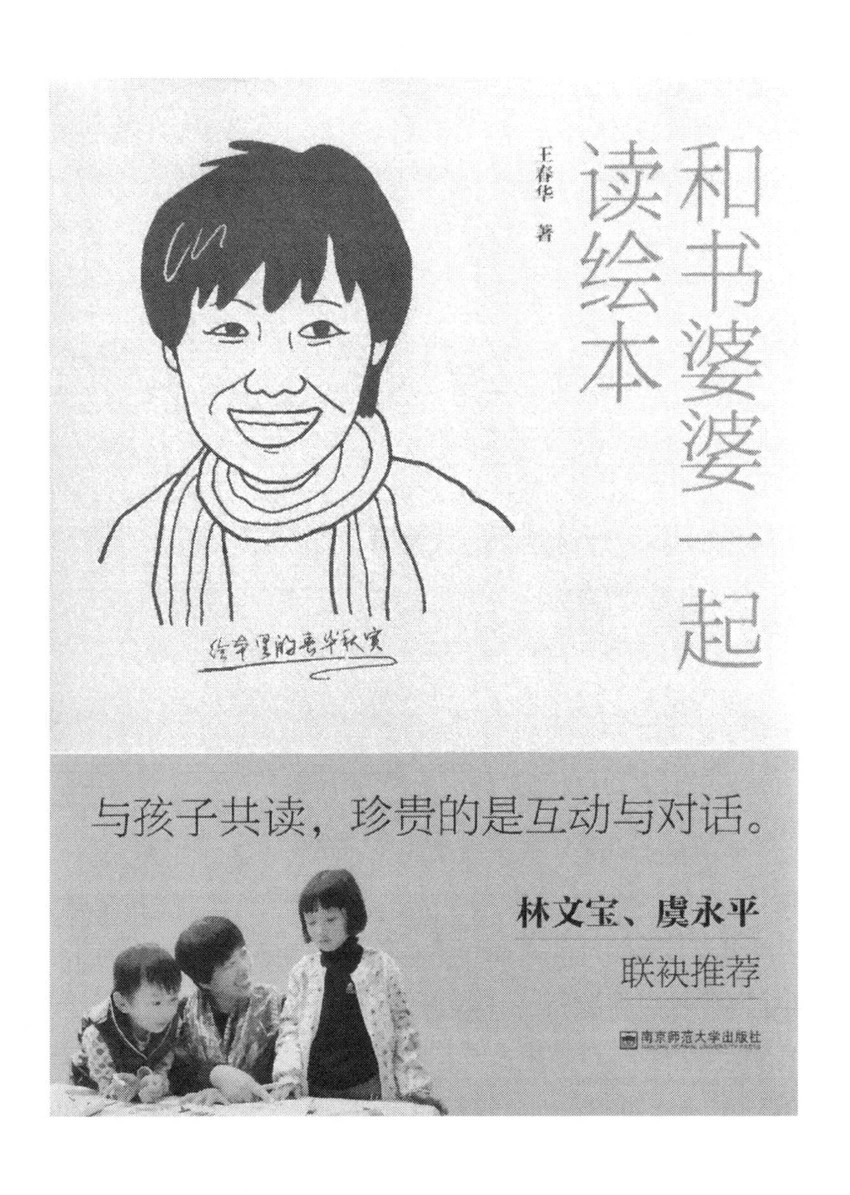

這本書記錄了作者從2013年以來，推動繪本共讀的心路歷程。

從表面看來，作者走進全國各地很多所幼兒園，足跡從西北到東南，和當地的孩子、家長、老師們共同體會閱讀的樂趣。

其實，這意味著每一次的共讀，作者必須要做很多很多的事，如：如何選譯一本真正打動自己的書；準備一些給孩子的禮物；針對不同的書，準備一些不同的閱讀步驟和交流方式。

更令人敬佩的是：共讀結束之後回到家，一遍遍觀看現場錄影，回顧共讀時讓自己感動、引發自己省思的片段，以及共讀時孩子們的表現和自己對共讀的感受，將其書寫成文章，並在雜誌發表，如今結集成書。

全書計分三章。第一章走進純真的童心深處，是作者的共讀理念。第二章建立平等的對話閱讀，是作者的共讀策略。第三章潤澤豐富的精神世界，則是作者的共讀追求。

本書不只是作者心路歷程的記錄，更是共讀繪本的理論與實踐的結合。我們知道無論成人或孩子皆是獨立的個體。共讀有原則，但巧妙有別，正如孟子所說：

> 離婁之明，公輸子之巧，不以規矩，不能成方圓。（《孟子・離婁上》）
>
> 大匠誨人，必以規矩；學者亦必以規矩。（《孟子・告子上》）
>
> 梓匠輪輿，能與人規矩，不能使人巧。（《孟子・盡心下》）

又共讀亦非萬能，一百個孩子，就會有一百個想法，我們不能偷走了九十九種，告訴他們只有標準的一種。與孩子共讀，不在聲音的美妙、咬字的字正腔圓，更不在唱作俱佳的豐富表情和動作。其實，與孩子共讀，珍貴的是互動與對話。大人只要能以身作則，同時了解孩子的需求（如不同讀物、閱讀方式等），必然會成為閱讀的推手，更重要的是，成人唯有把閱讀的主導權還給孩子，才能讓孩子持續擁有閱讀的熱情。個人相信，大人過度的熱心，正是災難的開始。孩子是學出來，而不是教出來的。對孩子來說，閱讀的本質是一種互動、一種休閒和遊戲，是一種瞎子摸象式的探索與嘗試，更是一種終生的本能行為或習慣。

而所謂的孩子閱讀，並非運動所能促成。對孩子而言，閱讀是本能，是遊戲，只要可以舞動、品嚐、觸摸、觀察，並且感覺周遭的各種訊息，孩子幾乎沒有任何學不會的事情。因此，孩子的閱讀，其關鍵在於有協助能力的大人，而本書作者正是這種類型的大人。

作者問序於我，在拜讀全書之餘，除敬佩作者的用心與好學，似乎未能有置喙之地。於是只能狗尾續貂，不是之處，仍請見諒。

楊思帆的私房遊戲

他的圖畫書作品是一場聲音的遊戲。

他的圖畫書作品是一場文字的遊戲。

他的圖畫書作品是一場猜謎的遊戲。

他的圖畫書作品是一場想像力的遊戲。

他為了孩子，創造出許多精彩的私房遊戲，只為了讓他們獲得閱讀的樂趣。

楊思帆擅於尋找遊戲的規則，然後把這個遊戲放入故事裡頭，讓故事與遊戲巧妙結合，成為一個遊戲性十足的繪本，這就是他的私房遊戲。從楊思帆的作品當中，可以看得出來，他是個很愛玩遊戲的孩子，他的作品充滿了笑聲與遊戲。《呀！》、《錯了？》都是一種猜謎式的故事結構：題目——解題——題目——解題的節奏，使得孩子可以沉浸在猜謎的趣味當中，發揮想像力，玩一場猜謎的遊戲。

《錯了？》的猜謎式故事結構如下：題目（「錯了？」）——解題（「不錯！」），看樣子本來是錯了的東西，可是到最後發現其實並沒有錯。錯了！真的是錯了嗎？其實，它是不錯的！只是你沒發現。它試圖告訴讀者，只要你擁有一顆「遊戲的心」，或者是「開放的心」，你會發現許多事情並非你所想得這樣。《呀！》的猜謎式故事結構如下：題目（「XX 我愛吃！」）——解題（「呀！我變成 XX 了！」）。舉凡角色所吃下肚的東西，它就會變成角色身體的一部分，充分表現出「吃什麼就會是什麼」的邏輯，是一場有趣的想像力遊戲，也暗示著「近朱則赤，近墨則黑」的哲理。然而，這類型的繪本故事最重要的就是結局，一個好的結局能讓故事有韻味，餘音繞樑；若是結局處理不好，會變成一場大災難。《錯了？》的結局，最後一個問題是：哈哈，這回真錯了吧？沒想到作者還是找到一個有趣的解答——傳說中的神獸，讓故事有個完美又有韻味的結束。而《呀！》的最後一個題目，是一隻什麼都愛吃的鱷魚，他最後會變成什麼呢？答案是一隻「醜八怪！」幽默有趣。這兩個結局都處理得相當有水準，讓這兩本圖畫書因而畫龍點睛。而《奇妙的書》是一本無字書，也是一場想像力的遊戲。在故事當中，書變成沙發、書變成翹翹板、書變成盾牌、書變成房屋、書變成翅膀等等。同樣一本書因為閱讀者的不同而有所改變，書變成能閱讀者「為其所用」的好工具，能帶給他們無窮的樂趣，這也就是閱讀的樂趣。

明顯的，這三本圖畫書都屬於幼兒圖畫書，幼兒的學習注重遊戲式的學習，從遊戲當中夾雜學習的設計，再透過玩遊戲的過程達到學習的效果。為了讓幼兒能更輕易讀懂故事，創作者必須相當了解幼兒，包括使用的語言、故事的設計，都必須符合幼兒的需要，方能使幼兒享受閱讀的樂趣。例如，幼兒喜歡明亮、簡單、有趣、重複的東西，若是依據這些元素創作圖畫書，一來能符合符合幼兒的需求，二來也能讓孩子喜歡這樣的作品。顯然，楊思帆掌握了這些元素。

另外，最重要的就是風格了，風格包含角色的造型，材料的選擇、構圖的設計，種種的細節形成個人創作的風格。楊思帆相當熟悉幼兒圖畫書的語言以及設計，無論顏色的使用與角色造型的設計，都有獨有的味道。他喜歡使用簡單的邏輯，利用重複的效果，每一次卻有些微的變化，讓孩子能從作者的線索中，發揮想像力，找到邏輯點，開心玩遊戲。

楊思帆的圖畫書作品，無論是顏色的使用與說故事的方式，都有日本繪本的影子。日本的繪本無論在用色與說故事的方式，都有溫潤的特色。溫潤的顏色和簡單重複的情節，都是日本許多繪本作家慣用的方式。在楊思帆的作品中，也有這樣的特色。不管楊思帆的作品是不是有日風，不過值得開心的是，從他的作品當中，已經可以感受到他的「創作美學」已經成形。從這三本圖畫書中，其實已經可以嗅聞出，「遊戲」、「想像」與「趣味」儼然是陳思帆創作美學中最重要的元素。

若是孩子閱讀的是一本遊戲性十足的圖畫書，他就能透過解答題目的過程中，練習如何找到線索，如何解決問題；並且透過書籍的引導，觸發想像力，使他們能夠有趣詼諧地看待世界。不自覺地，他們便能把遊戲的精神，潛移默化在他們的生活當中，使用想像力克服生活中的各種難題，這也就是閱讀的價值。

兒童文學為孩子量身打造的精神食糧，好的作家和作品絕對會影響讀者。好的一本圖畫書不只能影響到孩子的美感經驗，作家的創作美學與精神也會在無形中被孩子感知，當孩子閱讀過楊思帆的這三本私房圖畫書作品，我相信他也學會了閱讀的樂趣、想像的樂趣以及遊戲的樂趣；而我也感受到，楊思帆自己也在這三本圖畫書中，玩得不亦樂乎。

經典是一種口味

經典只是一種口味罷了！只是經典的味道，在伴隨著時間的醞釀後，總是不斷轉化生韻，越陳越香，饒富魅力。

現在的世界充斥著故事，有太多的作家、有太多的作品、有太多的口味，只要你想得到的——通通都有。當在閱讀這些速食故事中，猶如喝可樂汽水般，入喉當下，極致快樂，不過當酷涼氣泡消失後，立即被讀者遺忘，只能再來一罐，追逐另一次的感官極樂。通常嗆涼、有趣、繽紛、爆笑等，都是最能吸引孩子的汽水添加物，這些添加物是作家的不敗配方，可以立即讓孩子感到無比暢樂，不過這種快樂來得快，去得更快。

或說孩子喜歡就好，這也沒什麼不對！

我興致來的時候，也常常來一罐！

然而對於教育學者，或是家長而言，覺得這根本是垃圾飲料，總希望汽水能添加些更營養，且能幫助成長的成分（例如「教訓」或者「教育」），使得汽水變身成為補品，這怎麼可能好喝？孩子怎麼可能喜歡？

良藥苦口啊！誰天生喜歡吃苦？

那麼，經典作品的味道又是怎麼樣呢？

怎麼說呢？經典的作品，它應該就像茶、酒或者咖啡。其實，這些都是成人會喜歡的味道，也可以說是——成人的味道。

當然，絕大部分的孩子還是不大能接受。如果勉強要讓孩子喜歡，必須得加糖，或者一些調味料，重新變成符合孩子習慣的口味——通常味道變得很甜。但是別忘了！好的茶不加糖，好的咖啡有苦味，好的酒是會辣的，孩子當然不能接受，因為他還是無法領略茶、咖啡，或者酒的芬芳，他們的舌頭都還沒長大。

於是，有的成人便覺得加調味料是多麼愚蠢的一件事，這樣一來就無法了解箇中美味。錯了！孩子會長大的，舌頭也會長大，更何況孩子是充滿靈性的，或許他們無法具體的描述其中滋味，不過芬芳早已在他們的小腦袋瓜裡若隱若現，埋下種子。再者，有些經典文學口味，是很有其特色風格的，也就是它不那麼大眾口味，大家對於不熟悉的味道，總是會有著一點不習慣。

文學絕對不能勉強孩子，它無所謂好壞。記住！經典只是一種口味，只是很多成人喜歡，很多人品嚐過，好與壞通常只是一種習慣，而不是絕對！因為沒有一個人的舌頭是一樣的。不過經典口味的作品，有個特色：它的芬芳滋味，不大受時間影響，過了好久，大家還是會喜歡。

那麼，為何不讓孩子喝點有甜味的茶，或者加入奶精的咖啡；即使是酒，也要以酒入菜，揮發掉酒精之後，才讓孩子使用，不只不用擔心酒精對孩子成長的影響，也讓孩子感受到酒的芬芳。這樣的作品，我稱之為時代的新經典口味，每個時代都有每個時代的經典，每個地方也都有每個地方的偏愛，奇想國的經典系列作品不只是經典，也同時也具有新經典口味。

這些兒童文學作品堪稱都是各國兒童文學的經典味道，這有著相當好的想像力與創作能量，或許這些經典口味時間都還是不夠久，不足以成為真正的經典；也或多或少加入孩子會喜歡的糖，或者奶精，不過這都是在他們的國家中，無論成人和孩子都會喜歡的味道，而被他們的國家所珍藏喜愛。

你還不試著品嚐看看嗎？

這些作品真的會讓你掉入另一個奇想世界。

每個人的舌頭不同，腦子也不同，能感受到故事的芬芳也不同，只能等待著你親自品嚐。或許對你而言，這個故事可能太過甜膩、可能苦澀難言，可能一見鍾情，也可能是你一點都不喜歡的怪味道。

不過，你一定要親身鑑賞！除了品嚐經典之外，更應該品嚐新經典滋味——曾經是好多人喜歡的味道，我相信這個過程絕對會充滿樂趣。

思考的貓，思考的孩子

魔法很强大，但你自己更强大
碟形世界
猫和少年魔笛手
[英] 特里·普拉切特 著　周莉 译
A DISCWORLD NOVEL
the AMAZING MAURICE and HIS EDUCATED RODENTS
文匯出版社

魔笛手是中古世紀一個有名的傳說，以此傳說來改編故事的作品非常多，其中最有名的就是英國作家奈維爾．修特（Nevil Shute）的《斑衣吹笛人》，而本書擴寫此故事，加以翻轉，推出新意，別有味道。

一般說來，現在的兒童文學作品總是甜美可愛，溫馨浪漫，風趣詼諧，試圖營造出一種歡欣烏托邦式的童年氣氛：使得孩子能夠在伊甸園裡面安全地玩耍，沒有苦難、醜陋的童話般生活。不過我相信這都只是成人為了自己能再度回歸無憂無慮的童年，便把這種心意投射加諸到孩子身上，希望孩子能在這樣的美好童年下過著幸福快樂的日子。

《貓和少年魔笛手》剛好是完全相反的作品，它不忌諱血腥、殺戮、戰爭，裡面更是充滿計謀、算計、謊言、陷害等負面心思，諷刺的是，這才是最血淋淋的現實現況：生活通常是殘酷現實的，苦難不如意十之八九。然而，這個作品又與現今中國苦難兒童文學作品截然不同。苦難兒童文學是讓主角歷經挫折磨難，試圖喚起讀者對於主角的同情，因憐憫主角的悲苦賺取讀者眼淚，主要是讓讀者能感受到淒美與崇高之美。

但是《貓和少年魔笛手》這部作品卻不是如此，雖然故事情節當中，充滿各種負面訊息，但是否能賺取讀者的憐憫與淚水絕不是本書的重點。它的重點在於促發讀者「思考」，就像故事的主角莫里斯，因為他能思考，所以他能說話，思考讓他似乎有了魔法，讓他變得很不同。莫里斯是一隻貓，不過他的表現更像是一個人，反而人類像個傻子，甚至在書中，認為老鼠還比人類聰明。

在許多的故事情節裡，都可以看見作者對於事情獨特的見解，而且幾乎都是帶著諷刺的刀，與生活彼此互文。它比較像是中世紀的兒童文學作品，裡面充斥著作者對於當時社會的各種批判與諷刺，希望孩子能從中記取教訓與學習社會的各種規範與理解。

或許有人會認為，給孩子閱讀如此現實世故的作品，是否會破壞他們純潔，還沒被污染的心靈。若是有此疑問，我覺得倒是憂心過頭。孩子會變成一個怎麼樣的人，並不會因為閱讀一本怎麼樣的書。重點在於，如何閱讀一本書，從中讓孩子學會思考，發現問題，並且討論問題。

我喜歡這本書作者對於現實犀利的批判與觀察，使得許多事在作者的引導之下，可以以更為全面多方的角度，釐析事情的脈絡。若是能洞悉人性和熟悉社會的規則，對孩子而言，不見得是一件不好的事，天真的孩子，不見得無知，無知的孩子也不見得天真，天真與否只是一種選擇問題。

童話可以讓孩子沉浸在一種假性的快樂，但是孩子很快地就會知道這樣美麗的單純世界只是創作者編織而來，糖蜜融化之後，只會剩下更大的空虛。與其如此，不如陪伴孩子多觀察世界，多思考問題，讓他們在這些問題當中，找到自己安然於生活之中的方法，這才是王道。

一切都是小平底鍋的關係

沒有人是完美的，每個人身上都有一個小平底鍋。

在這本圖畫書中，一個小平底鍋「突然」掉下來，從此就跟小男孩安托尼綁在一塊了。每個人身上都綁著一個不同的小平底鍋，就像安托尼一樣，你必須跟它相處一輩子，你可以將小平底鍋視之為朋友或者家人；也可以把它看成是一種習慣；或者是一場突如其來的改變；還是把它看成每個人獨有的個性都是成立的。總之，這個小平底鍋隱喻著，它是每個人都無法選擇的「人生設定。」這些人生設定，自然也成為每個人的人生課題。怎麼說呢？因為這個小平底鍋，或者可說是人生設定，存在著許多的問題，你必須解決這些問題，才可以獲得成長，成為一個更好的人。

其實，在《安托尼的小平底鍋》中，安托尼的故事幾乎可視為每個人認識自己的過程，它由幾個階段組成：

第一階段：我怎麼會有個小平底鍋呢！

當你開始意識到，這個世界並不是只有你自己一個人時，你便會逐漸發現自己似乎與別人不同：我身上竟然綁著一個與眾不同小平底鍋。每個人都是獨一無二，也都不是完美；我們有優點，一定也有缺點。圖畫書中的安托尼雖然善解人意，具有畫圖天分；不過這些都掩飾不了他也有缺點的事實。小平底鍋可以煎出一個漂亮好吃的蛋，可是同時也會產生很多許多惱人的油煙；就像安托尼一樣，他很認真，但是卻會說髒話。我們似乎都無法去承認這樣獨特的自己，甚至覺得與別人不同是一件很糟糕的事！這個階段，我們對於自己的小平底鍋，也就是自己的人生設定一點都不了解，充滿著恐懼！

第二階段：為什麼我會有這個小平底鍋？

當你還不能接受擁有一個獨特的小平底鍋時，你一定會開始懷疑自己！把自己的小平底鍋，視為一個很嚴重的缺點。你還不知道這個小平底鍋並非缺點，而是你這個人的特點，或者是前面所說的，你的人生設定。每個人本來就不同，在別人眼中是個「異類」也是正常的；不過通常在這個時候，我們會希望能跟別人一樣，繼而得到認同，所以開始討厭自己的不同，因為每個人都想成為團體的一份子，獲得支持與溫暖。

第三階段：我好想丟掉這個小平底鍋！

為了追求與大家相同，無論喜不喜歡，你開始試著割捨掉所有的不同，所以你一定會感到痛苦，甚至討厭自己，對自己的一切產生懷疑。為什麼我會長那麼矮？為什麼我的學習那麼差？為什麼他們是我爸媽？因為你在追求相同的過程中，你學會與別人比較，以別人的標準看待自己，漸而失去自己。所以安托尼一直想要丟掉自己的小平底鍋，因為他的小平底鍋，讓他非常的不開心。相信大家都會有這樣的經驗，這時候你真的會很想問老天，為什麼你要把我生成這個樣子？

第四階段：謝謝你，我的小平底鍋！

最後，唯有擁抱自己，接受自己的小平底鍋，才能讓自己從這個窘境走出來，承認自己的價值，並且獲得快樂。成長的過程通常是必須經過苦難或者是挫折，再透過不斷的質疑與尋找中認識自己，最後才能破繭羽化。在故事當中，作者巧妙的安排了一個幫助者的角色，協助小男孩去認識自己，接納自己；而所謂的接納，就是要有勇氣去接受自己與別人不同的樣子，因為每個人都是獨一無二的。

第五階段：每個人都擁有一個小平底鍋！

當你了解並且接納自己的小平底鍋之後，宛若你的心中就有個沈甸甸的大錨，無論是颱風下雨，遭受到別人的攻擊或者批評，都可以在安然自在，不被打擾。而對小讀者而言，他們除了學會接納自己之外；更為重要的是，他們應該也要學會去接納每個人所擁有的小平底鍋。有趣的是，或許你的小平底鍋，才是你受大家歡迎的原因，夠奇妙吧！

這五個階段，就是安托尼認識自己的階段，所以讀者可以從他的成長過程中，去反思自己是否已經認識自己？人們相當奇怪，當你開始認識自己，接納自己的時候，別人也會開始接納你、喜歡你；每個人都有一個小平底鍋，也因為小平底鍋，我們與眾不同。更重要的是：我們要知道沒有人是完美的，自己不是，別人也不可能完美。於是，你要學會接納別人擁有一個奇怪的小平底鍋，因為你自己可能擁有一把更加奇怪的小平底鍋。

最後，我很好奇的是，為什麼安托尼的小平底鍋為是紅色的呢？你知道嗎？

到底在搞什麼鬼？

人對於不熟悉或者沒看過的事物，總是充滿著恐懼。當你遇見陌生人，或者，碰到與你認知經驗不同的狀況時，你便會心跳加快，覺得恐懼害怕，因為你不知道他們，你不了解他們，不知道他們下一秒鐘是不是就會殺了你（人普遍都有被害妄想症）。尤其當他們長得比較可怕醜陋時，你一定會嚇得屁滾尿流，儘管他們只是在書中，或者只是晚上站在離你很遠很遠的馬路盡頭，輕輕地跟你說聲「嗨」而已。

所以我們怕鬼，因為我們不是鬼。你會感到害怕，因為你是膽小鬼，想像力豐富，喜歡自己嚇自己，就是如此簡單。

講鬼故事的同時不應否定「無神論」。大家會對看不到的東西感到好奇，比如有人對你說，你家有個女鬼，雖然你會感到害怕，但是你一定也會好奇，她漂不漂亮，有什麼樣的故事。因為你沒看過鬼，你就更想知道鬼到底是什麼樣子，這就是鬼故事的迷人之處。

而面對害怕的事，每個人都有他的作為和個性。大名鼎鼎的孔子，應該是個較為謹慎的人，「子不語怪、力、亂、神」。簡單地說，就是告訴你不可亂說話，如果真的遇到鬼，也不可以說！當作沒看到！或者一定是你看錯了！另外，也有人科舉一直考不上，卻一直很愛聽這些鬼故事，還把它記錄下來，最後變成現在有名的《聊齋志異》，真的是各式各樣的人都有。

東方人愛鬼，西方人當然也愛鬼，大家都喜歡被嚇，人真的有毛病！所以愛倫・坡的驚悚故事，內容真的很可怕，我卻愛不釋手。每個時代、每個地方都有屬於他們自己的鬼怪，鬼怪是人對於恐懼事物的一種具體想像，而你可以看到各時代、各地方鬼的差異，真的相當有趣。其實，這些故事背後談的都是人性的愛恨情仇與人情世故。

我很高興子魚能選擇這種裝神弄鬼的題材，而且還從千年古墓中挖出來這些陳年老鬼，真的很不怕死！那些被埋了那麼久的鬼魂，陰氣濕重，法力更是高強，他竟然將他們放了出來，真是要命！更讓人捏把冷汗的是，子魚真是好大的膽子，竟然敢在這些妖魔鬼怪上動刀，重新改寫他們的故事，不知道他是不是嫌活得太久？

沒關係，那是他的事！

不過我們讀者有福了！

雖然我的年紀已經一大把，但是我還是喜歡偶爾在寒冷的冬天，或是在炎熱的夏日夜晚，取下書架上的鬼故事獨自閱讀，眾鬼在我的腦海裡奔馳跳躍，就像坐雲霄飛車，讓我恐懼，讓我滿身大汗，讓我氣喘吁吁。

讀完之後來一杯沁涼的茶飲，絕對是人生一大享受，而且我也萬萬沒想到，茶飲和鬼怪故事竟然如此相配，過癮。

令人驚艷的雙人舞！

book of
animal poetry
最美动物诗集
WELCOME TO THE WORLD
THE BIG ONES
book of
animal poetry
最美动物诗集
book of
animal poetry
最美动物诗集
book of
animal poetry
最美动物诗集

詩是一種陌生化的語言，它脫離日常話語，以不尋常的文字組合，在看似熟悉，卻不大習慣的語言下，創造出更大的縫隙與新鮮感。

那麼，動物就可以說是陌生化的人類，雖然他們有著跟人類一樣的生命，卻過著與人類截然不同的生活，讓人類在他們身上，看到生命的祝福與禮讚。

隨著人類逐漸富足與保護意識的升起，人類對於動物不再只是獵殺食，而是學會欣賞與尊重；當我們越謙虛了解、研究他們，便會發現他們無與倫比的美麗與不可思議。本著同是地球的居民，我們應當擔負起保護的使命，雖然動物還是被人類當作是地球的次等居民，不過人類卻無法脫離他們，若是地球上只剩下人類，我相信那也是人類滅絕之日，所以我們更應當好好珍惜他們，視他們為家人。

這是本美麗的動物詩集，有著一百多張攝影師所拍攝的絕美動物照片，搭配兩百多首的詩歌，賞心悅目。閱讀這本詩集的同時，你會驚訝在世界上，竟然有如此多我們所不知道的動物，他們竟然如此的特別。天上飛的，地下爬的，水裡游的，甚至許多不可思議的動物，擁有驚人絕技與生活方式，都令人嘖嘖稱奇。儘管他們的智商都無法與人類相比，不過美麗與獨一無二卻是不爭事實。

為什麼動物會讓那麼多人喜愛，我猜有幾種原因：第一，自然，每一種動物都是經過相當長時間的演化，牠們現在的樣貌，都是時間一分一秒雕刻而出，所以當看見這些動物的同時，不自覺會有一股敬畏之心油然而生，讚嘆生命與造物者的偉大。第二，他們都是造物者最完美的藝術品。

如果你存著敬畏欣賞的心，觀看這些動物，便會發現自己的渺小，並且會有更大的同理心保護他們。人類實在太過驕傲自大，通常是因為他的眼中只看得見自己，只關心自己。若是如此，他永遠看不見別人的美麗。若是從小便能多認識別的物種，學會欣賞與尊重不同的美麗，我相信對孩子的成長而言，他便學會寬容與友愛，還有同理心，這樣的孩子比較容易滿足與快樂。

在地球上，我們並非唯一的物種。或許我們已經習以為常，根本不關心周遭的動物，不過若是天空沒有鳥了，路上沒有貓狗了，我們一定會很寂寞，換言之，反而是各式各樣的動物，讓我們的生活得以多采多姿，所以我們應該感謝。

美國國家地理頻道，結合動物照片和詩歌，讓人眼睛為之一亮，他們邀請了兩種美麗，人類的語言之美，加上動物的體態之美，共跳一支精彩的雙人舞。這本動物詩集，除了可以看到精美的動物照片，也可以感受到詩人如何為這些動物寫下詩句，透過詩人的眼睛和筆，讓動物最美麗的樣貌呈現在讀者心裡。

這真的是一本最美麗的圖畫書。

自然最美

book of
nature poetry
最美自然诗集 1
THE WONDER OF NATURE
IN THE SKY
开花
book of
nature poetry
最美自然诗集
book of
nature poetry
最美自然诗集（旅行版）

千山鳥飛絕，萬徑人蹤滅。

孤舟蓑笠翁，獨釣寒江雪。

這是唐朝柳宗元的〈江雪〉。短短的二十個字，便成功捕捉一幅美麗的風景景緻；當時的孤冷靜謐與雪白世界，似乎透過這首詩被永久封存，美麗了好幾千年，不曾消逝。

《最美麗的詩集》的出版，重新帶給我這樣的震撼與感動。隨著時代的遞變，生活節奏快速，文字閱讀耗費時間，致使讀者更為鍾情圖像閱讀。不過圖像閱讀與文字閱讀所獲得的樂趣，無法互相取代。縱使是對同個風景的描繪，使用新詩文字創作與照片圖像創作，讓讀者感受到的樂趣亦是截然不同。若是捨棄文字的閱讀，全都轉向圖像閱讀，實在相當可惜。《最美麗的詩集》卻完美解決這個問題：這本詩集的每首詩，都是一張照片加上一首詩，使得文字文本和圖像文本，相互合作對話，形成一支精彩的雙人舞。

這本書真的讓我重新認識美麗的地球！在大自然中，隨著四季的遞換，地形的差異，氣候的更迭，每一剎那的風景都是獨一無二，稍縱即逝。照片是靜態的敘事，透過攝影師的鏡頭，有意識的捕捉吉光片羽，所以一張張的美照，是攝影師透過自身的美學哲學與鏡頭的選擇所決定，也就是照片是攝影師眼睛下的美景。

而詩的創作，則是透過詩人纖細善感的心思，觸景生情，把當時的生命狀態轉化成詩句，以情寓景，讓景物多了一股人情的芬芳，不少美景在詩句的化妝下，讓景物變得充滿情韻，印象深刻。

除此之外，這本書的編輯扮演著隱形創作者的角色，因為他們成功媒合照片與詩句，讓作品更有一層樂趣。詩句的意象讓靜態的照片翩然生動，彷彿可以聽見照片中的潺潺流水聲，讓讀者宛若身臨其境，感受照片裡的一草一木，讓讀者悠遊在每幅照片之中。

這本詩集讓讀者感受到三種美學：文學之美、攝影之美以及想像之美；透過詩句，讓讀者感受到文字透過意象詮釋的美學；透過攝影照片讓讀者感受到強烈的視覺饗宴。當今的科技，無論是手機、電視，還是穿戴科技等等，均試圖以科技的力量，讓讀者感受到身歷其境的感官饗宴，擴大增強讀者的視覺與聽覺震撼，產生娛樂感，但是與此同時，相對的也剝奪讀者想像之美的權力。而《最美的詩集》在照片與文字當中，保留相當多的空白，並分類為感嘆自然、凌空、淵洋、生靈、山川、美植、災難、四季與奇景，讓讀者可以發揮想像，感受編輯所安排的想像之美。因此，閱讀這本書讓讀者經歷一場美學饗宴，沈醉在大自然的洗禮之中。

最後，從這本書中也可以看出編輯者對於環境保護的意識。人類過度開發，使得環境被破壞，導致氣候異常，動物瀕臨絕種，大自然不再美麗。希望這本詩集，能喚起人類對於大自然的重新思考，思考如何與環境共生。

透過這本最美麗的詩集，讓我們回憶起我們曾經的美好！偉哉自然，偉哉生命！

萬物靜觀皆自得

万物启蒙诗歌读本
第一卷
草木之华
WANWU QIMENG
SHIGE DUBEN
钱锋 主编
以万物为线索的
中国古典诗歌读本
李斌
林文宝
夏惠汶
杨东平

万物启蒙诗歌读本
第二卷
虫鸟之灵
WANWU QIMENG
SHIGE DUBEN
钱锋 主编

万物启蒙诗歌读本
第三卷
风物之美
WANWU QIMENG
SHIGE DUBEN
钱锋 主编

錢鋒，或可稱之為當代中國基礎教育界的狂狷者之一。2016年8月，他以「萬物啟蒙」課程提名全人教育獎。

所謂「萬物啟蒙」，是緣於他認為今日人們對於世間萬物的真正關注與體察少之又少。只有真正重視、體驗與關注外界的自然萬物，方能喚醒和打通人內在的感官和感悟。基礎教育，尤其是小學階段的啟蒙教育，對這方面的塑造尤其重要。

他期許孩子「與萬物為友，以自然為師」。他以兒童成長為起點，創造性地打通學科邊界，重塑格物傳統，開啟了體驗式全人教育，為中國文化啟蒙探索出一條新的路徑，將理想的教育帶到現實的世界。

「萬物啟蒙」課程的獨特處是：以中國文化為本源，嘗試打通學科與文化的邊界，這是目前啟蒙教育的新趨勢。「萬物啟蒙」，或許是對中國傳統蒙學的一次繼承與創新。

「萬物啟蒙」的啟蒙意義有三：一是傳授常識，二是教化兒童，三是開導蒙昧。使兒童在人生之初即能明白萬物事理，而後將這些課程內容編撰成書，通稱為「中國文化通識讀本」，壯哉斯言，誰曰不宜。

今又編撰《萬物啟蒙詩歌讀本》三卷：第一卷《草來之華》、第二卷《蟲鳥之靈》、第三卷《風物之美》。書中不見編撰者任何說明，且注解亦不針對原詩，而是提供關聯信息。個人認為《萬物啟蒙詩歌讀本》更接近地氣與傳統，也更適於啟蒙。因此，擬就傳統詩教、詩歌本質與詩歌特質三方面略敘己見。

首先，本文所指詩歌，當與詩、歌謠同義。

詩或詩歌之於中國，可說水乳交融，而目前兒童詩歌逐漸流於想像的遊戲；古詩歌則流於吟唱或背誦，非但不適當，且有悖傳統詩教。

透過歷史的考察，我們知道中國詩教可謂源遠而流長，所謂「溫柔敦厚，《詩》教也」(見《禮記．經解篇》)。朱自清在《詩言志辨》一文裡，認為詩言志的歷程是：獻詩陳志，賦詩言志，作詩言志。而真正關注童蒙的詩歌教學，不得不首推王陽明，尤其是〈訓蒙大意示教讀劉伯頌等〉一文，任時先在《中國教育思想史》一書中分析此文，認為其兒童的教育方案如下：

一、兒童教育的目的：蒙以養正。

二、兒童教育的原則：孝、悌、忠、信、禮、義、廉、恥。

三、兒童教育的方法：誘之歌詩，以發其志意；導之習禮，以肅其威儀；諷之讀書，以開其知覺。

王陽明能理解兒童。他認為詩歌可以「泄其跳號呼嘯于詠歌，宣其幽抑結滯於音節」。他認為兒童期是人生的春天，該是充滿了陽光、歡躍和歌唱的。王陽明非常重視詩歌的教化作用，音樂和優美的詩可以使兒童幼小的心靈充滿對宇宙、對人生的希望和美感，這也順乎兒童的本性和自然生長的法則。

至於詩歌的特質，則在於音樂性。所謂音樂性，是說它具有音樂上的某種效果。中國詩歌的音樂性，又緣於中國語言文字的特質，宜於講對偶，宜於務聲律。

總之，詩歌想透過另一種語言的處理，而成為一種樂語。我國歷代韻文學的產生，皆源於音樂的需要。唐詩因為不能唱，而後有詞的產生；詞又因為不能唱，元曲於是產生。

尋根溯源，文學的創始，即始於歌謠、傳統詩教，詩歌的抒情本質與音樂性的特質，更與兒童的發展息息相關。考我國歷代啟蒙教材，即以韻文編寫，即取其易記與漸入之效。及至清末，新教育開始公布實施，在新教育的發展過程中，歷受日本、德國、英國、美國的影響，在各種西潮的衝擊下，一直未能建立一套屬於自己的教育體系與制度，當然詩教更不易推廣，今見《萬物啟蒙詩歌讀本》出版，似乎更見啟蒙的意涵。中國正在崛起，該以何種姿態現身？或許以固有傳統文化素養為核心，是我們必須面對的現實。

最後，我以艾略特在〈傳統與個人才能〉一文中的一句話作為本文的結束，也作為對「萬物啟蒙」的期待：

> 每一個國家、每一個民族，都不僅有自己的創作習慣，而且還有自己的文學批評的習性。

我們大家的裴利

A Child's Work:
the Importance
of Fantasy Play
游戏是
孩子的功课
幻想游戏的重要性
所有关心孩子内心世界的
成年人必读之书
Vivian Gussin Paley

The Kindness of
Children
孩子的
天使心
倾听小小孩善良的声音
儿童的小小善意激起
美好世界的无边涟漪
Vivian Gussin Paley

You Can't Say
You Can't Play
孩子国的新约
不可以说：
『你不能玩！』
幼儿园社交中那些
微妙难解的童年心事
Vivian Gussin Paley

The Boy on the
Beach: Building
Community
through Play
沙滩上的
男孩
通过游戏建立友谊
幻想游戏中爱与友谊的
光芒绽放
Vivian Gussin Paley

維薇安．嘉辛．裴利（Vivian Gussin Paley）是目前美國學前界的大師級人物。她於1987年獲艾力克森機構頒發兒童服務獎，1989年獲麥克阿瑟獎，1998年獲 Before Columbus Foundation 頒發終生成就獎，1999年作品《手拿褐色蠟筆的女孩》獲 NCTE 大衛．H 羅素之卓越英語教學研究獎，2000年獲約翰．杜威協會頒傑出成就獎。

裴利最早在紐奧良教幼兒園，後來返回芝加哥，任教於芝加哥大學附屬幼兒園，1997年退休，共計三十七年的教學生涯，其間二十四年是在芝加哥大學附屬幼兒園服務。

退休後，裴利開始到歐洲、亞洲各地旅行，親身與第一線學前教師對話。希望老師多給孩子說故事，還給孩子遊戲的空間。她認為說故事是創意的來源；她也強調專注力與想像力的重要。2002年12月，她對美國教育部制定早期兒童學習計畫的人，進行一場演講。她認為過去有些立法者已經對遊戲與戲劇失去信心，覺得那是浪費時間，所以提倡孩子從小就要學習知識。但是，人類就像其他哺乳動物一樣，幼兒期都有許多遊戲，他們在遊戲中學習，這是他們的本能。她告訴立法者，別以為遊戲與戲劇是浪費孩子時間，因為大家都忽略，孩子其實是在遊戲當中，學習到人生各階段都需要的思考、語言及想像力。

因此，裴利在紐奧良教書期間，即開始思考如何在幼兒園中，運用可行的遊戲扮演方式與孩子互動，並幫助孩子的智力發展。

她在整個教學生涯裡，提出許多對幼兒的觀察與反思，為了收集資料，她運用錄音的方式，將教室中師生的對話記錄下來，以便事後聽取及分析事件之間的關係。這種方式有助於她思考幼兒之間獨特的溝通模式，而這段時間累積了許多的觀察經驗，也為裴利日後的寫作奠定基礎。她的每一本書都包含了一個探討的主題，而書寫的方式，往往是從一個小故事或是小事件出發，進行對話、討論與分享，而非量化的說明與論述。

總之，她在幼兒園中提倡「遊戲本位教學法」，認為遊戲才是孩子最重要的功課。

至於將裴利著作引進臺灣者，首推光佑文化事業股份有限公司，該公司於1984年，即有黃又青譯《男孩與女孩：娃娃家的超級英雄》，但其間用心用力最深者，則不得不提到楊茂秀這個人。

在臺灣，楊茂秀幾乎與兒童哲學劃上等號。他在1975年7月《鵝湖月刊》發表了一篇〈兒童哲學〉，也因此走上了兒童哲學的不歸路，並於1990年成立財團法人毛毛蟲兒童哲學基金會。哲學始於驚奇，而孩童正處於好奇心與驚異之心最活潑的時期，應該是哲學播種的最好時機。這個基金會創立的目的，在於推廣對兒童哲學的研究、教學與出版，它與美國兒童哲學促進中心（IAPC）有充分合作。基金會亦曾經主辦過世界性的兒童哲學會議，培訓過上千位故事媽媽及兒童哲學教師，出版毛毛蟲月刊及相關哲學教師，出版毛毛蟲月刊及相關書籍，創辦了毛毛蟲學苑，圖畫作家，目前仍在發展中。

或許裴利的教育理念與基金會契合，於是楊茂秀致力於推廣與翻譯裴利的作品；並在楊茂秀推波助瀾之下，漸漸廣為學前教育界接受。而2002年底，楊茂秀更邀請裴利來臺灣作教學講座與故事說演，且在裴利來臺之前編印了《認識裴利》（2002年11月）一書，盛況空前。

個人在大陸許多講座中，時常介紹裴利作品。幾年前，有孫莉莉造訪臺東書樓，見書樓中有裴利譯著，除驚奇不已，更如獲珍寶，慎重的選擇幾本帶回北京。並將裴利作品推薦給禹田，而禹田亦將裴利系列作品當作重點項目，幾經周折亦已取得其中十本的授權。

而今主編問序於我，因緣與巧合我似乎不宜推辭。雖然，最合適寫序的應該是楊茂秀，但十種譯本中已有楊茂秀四本譯文與多篇的序文，作為同學、朋友與同事的我，偶爾僭越來作二手行銷，誰說不宜？我的行銷詞：

裴利，是我們大家的裴利！

想明白其中的道理，
就買她的書讀讀！

淘氣也可以很哲學

《淘氣姐妹花》是一本引領兒童進入哲學思考，進而學會生活的作品。

談到「哲學」二字，一般人就開始頭疼了，總覺得那是遙不可及的高深道理，殊不知哲學在生活中處處可以體現。

哲學含有智慧意涵，是追尋人生意義的智慧之學，這智慧需要思考與實踐來獲得，這樣解釋，會有隔離感；哲學讓人能「聰明的生活」，這樣解釋，就容易理解。例如：

你跟人家約好去餐廳吃飯，出門之後遇到下雨，趕緊返回家裡拿雨傘。下雨天路上容易堵車，這一時間的耽擱，當你到達餐廳時已經遲到，你一直跟對方說抱歉。

這事件或許會讓你產生想法。當你下次出門時，會先在網路上看一下天氣預報，最好帶一把傘，還有提早出門，了解交通狀況，你就能準時赴約。這一連串「聰明」的過程就是生活中的哲學。

兒童也是有哲學的，稱作「兒童哲學」。他們小小的頭腦可不小，常會對世界產生「懷疑」，那是因為他們的認知還不足，必須依賴學習來認識世界。一些大人認為理所當然的事情，他們可能會想著為什麼會這樣呢?

兒童心中產生疑問，若不能理解，或得到答案，就會產生想像，甚至幻想，以求得理所當然的答案。在循循善誘的過程中，誘發兒童哲學的思考，形成孩子的經驗，進而討論、學習與規範。兒童哲學的功能就是引發兒童思考、學習與成長，同時期盼保留他的好奇心與想像力。

兒童哲學引導孩子進行思考，教學上以繪本為主，繪本深度的隱喻，誘發孩子思考、想像，那是極佳的教材。兒童哲學是要拋出議題進行討論的。

故事敘述的作品中，哲學思維自然隱藏其中，但刻意以「兒童哲學」作為誘發生活智慧的作品尚屬少見，喜見《淘氣姐妹花》正是以兒童哲學為要旨，生活大小事為素材，引領孩子在生活、校園故事中去體驗與思考的作品。

這一本書就是講姊妹淘氣的故事，淘氣貌似頑皮搗蛋，但也隱藏了智慧的意涵。《淘氣姐妹花》是一個系列創作，以兒童哲學為軸線，描述姐妹花花瓜與花布在家與學校的生活故事。

例如，這系列的第一本《誰把時間弄停了》書中有一段描述：

花瓜心裡在選擇：一、關掉電視，馬上進房間寫「看圖寫話」。還有半小時，可以寫得完。可是，她就錯過最後的情節。二、看完動畫片，晚上再寫「看圖寫話」。可是，聽媽媽說，可能會帶她去王阿姨家玩。

她感到煩惱。難道沒有第三種選擇。

「時間如果停止，那我想做的事情不就都完成了。」她忽然想到。「哈！我可以讓時間停下來呀！」

「把時間弄停」就可以看完動畫片，寫完「看圖寫話」，還能去王阿姨家玩。花瓜認為可以這樣子，殊不知時間是「不可逆」的。時間一去就不可能回頭，天真的以為將時鐘弄停，時間就會停止，讓她將想做的事情做完。

花瓜這樣的行為是不是很蠢，但你有沒有想過這樣的問題呢？你一定曾經想過，但在大人教育之下，就會理所當然認為時光如流水，一去不復返。隱藏故事背後的其實是淘氣的「智慧」，只是這智慧是可以拿出來討論，然後產生真正的智慧。

《淘氣姐妹花》系列，講述一對姊妹在學校與家庭的生活故事，看似一些很平常的問題，作者將它刻意放大來探討，用故事的形式，講述隱藏在情節背後的哲學。因為淘氣、活潑與幻想，所以產生趣事、新奇與滑稽。輕鬆的筆調帶給小讀者對生活哲學的思考與學習。

思考與學習的養成，在故事的字裡行間，《淘氣姐妹花》出現的情節過程，也是孩子現行的生活問題，這有助於父母與教師對兒童一些常規問題的了解。這一系列的作品更是提供孩子在閱讀上投入對生活的思考。

理解他人的美麗

海鸥宅急送
[日] 石井浩司 著
吴菲 译
陕西新华出版传媒集团
陕西人民教育出版社
乐乐趣绘本馆
LELEQU PICTURE BOOK

《海鷗宅急送》的插圖風格質樸、乾淨又不花俏，透過長鏡頭與特寫鏡頭的轉移敘說故事，宛如欣賞一場電影。情節看似簡單，卻風趣、扣人心弦，故事結束仍餘音繞樑，發人深省。

當一隻企鵝被一家海鷗宅急送錄取，注定就是一個有趣的開始。店長的意外聘用，促使企鵝加入海鷗的團隊，企鵝成為了「異類」，他將如何取得伙伴的認同，翱翔天際完成送貨任務（儘管是一隻企鵝），是這個故事的大綱。

人在成長的過程中，或者說是在社會化的過程中，總是會遇到類似的情況。當我們進入一個全新的環境，時常會緊張，甚至害怕，擔心別人不喜歡自己，自己無法融入團體，這都是可以理解的。而這本繪本提供了一個很不錯的範例，告訴讀者關於人與人之間相處與接納的哲學。

第一，店長知人善用，總是看到他人的長處。笨拙的企鵝在不被看好的情況下，竟然得到了店長的僱用，只因店長對他有良好的第一印象。雖然企鵝可能真的不太適合這個工作，不過，店長並沒有因為企鵝有缺點而放棄他，反而發現了連企鵝自己都忘記的優點，引導他接受挑戰。企鵝幫助海鷗們解決了下雨時遇到的麻煩，於是他自己很快被海鷗的團隊所接納。這是相當難得的：發現優點，並加以善用，使團隊更好。其實我們每個人都是獨一無二的，沒有完美無缺的人，如果我們能多看到別人的長處，發現別人更多的美麗，自己也就能收穫更多的人生禮物，這是店長教會我們的。

第二，企鵝雖然笨拙，卻擁有積極的態度。每個人都是有價值的，問題是他看不看得到。企鵝若是一直關注海鷗能飛而自己不能飛這一點，心情肯定會不好、會失落。不過，笨笨的企鵝卻不以為意，即使連自己會游泳的優勢都忘記了，他也沒有因此而難過，反而積極地完成份內的工作，並且跟店長主動提出想送貨的願望，讓事情得到了推進和解決。最終，企鵝的勇氣與積極的態度都得到了回應，他所擁有的單純、執著的特質，幫助他實現了夢想。不在乎別人的眼光、不想太多、不抱怨，做自己想做的事，是企鵝告訴我們的。

第三，我想說的是互助合作。繪本的最後一頁，海鷗拉著企鵝翱翔，這是一個感人的畫面。每個人都應當尊重他人，並且不以自私的眼光看待他人；每個人也都不是完美的，若能發現彼此的優點，互相尊重，互助合作，我們的生活將會更美好。世界上仍然有太多的戰爭與殺戮，全都是因為人們對彼此的不了解、不信任造成的，若是能像店長理解企鵝的心情那樣看待他人，我相信世界會變或更加和平友愛。

這是一本好繪本，它值得你與孩子一起玩味。你可以問問孩子，如果你是海鷗，你會怎樣與企鵝相處？如果你是店長，你會如何照顧企鵝，又會怎樣說服海鷗？另外，如果你是那隻企鵝，你會怎樣工作並實現自己的夢想？我相信這些問題都相當有趣並且實用，因為總有一天，在人生的漫漫旅途上，孩子會與它們相遇。

閱讀聽故事，幼兒的學習渴望

讀圖時期是幼兒學習初始的途徑，孩子最早接觸的書籍當屬圖畫書。對於文字符號，幼兒總是充滿好奇，他知道這是有意義的，只是自己不懂。充滿好奇地看著父母念著這些符號，一則則生動精彩的故事就出現了，一雙大眼睛盯著圖畫書的圖；一對小耳朵聽著爸媽講的故事。翻開圖畫書就跑出故事來，他那內心滿是驚奇、激動與期待。這時的孩子正做著影響一生的事情——學習。

圖畫書有一股神奇的力量，在圖像思考的階段，它能引發孩子的想像空間。成長的幼兒不能缺少圖畫書的滋養，滋養最佳的方式就是身為照顧者的父母講故事給孩子聽。在幼兒發展的階段裡，智力、語言等心理發展都存在於一個關鍵期，也就是「最佳時期」，它是學習黃金時期，有時也稱學習敏感期，幼兒大腦的神經元會急速伸展突觸，產生連結，形成網路。父母要提供合適的學習途徑，讓孩子的大腦能完整完善地成長。

父母會問，那該怎麼做呢？其實簡單有效的方式就是「閱讀」，方法就是「講故事」。雖說智商發展受到遺傳的影響，但環境產生的影響更大。「環境」也就成了幼兒學習成長的關鍵。這個環境是父母可以創造的，它是人為可以營造的，孩子的智商是大人可以協助創造。學習黃金期的孩子需要一把打開智慧大門的鑰匙，那是「啟蒙」的行為。「啟蒙」是鑰匙，啟蒙不必是教訓，它可以從一本圖畫書開始。父母講故事，鑰匙打開門之後，門後是一片陽光世界。

在這裡強調圖畫書的重要；講故事的重要之時，怎麼說？如何說？說什麼？說完之後如何延伸？這都是身為父母應該知道的。繪本大師松居直提到，圖畫書不是小孩子自己讀的書。它是需要父母與幼兒一起共讀的。學習是在故事中潛移默化。這一本《為你朗讀》就是將這些要領告訴照顧者。朗讀，不只是朗讀；講故事，不只是講故事。融入了多元的觀點讓圖畫書在故事的說演上更具變化。一本圖畫書，不只是打開書念給孩子聽。念故事三部曲的觀點正提供照顧者如何多元善用圖畫書：朗讀前，介紹與猜測；朗讀中，朗讀、理解與重述；朗讀後，回顧、思考與延伸活動。總之，善用一本圖畫書讓朗讀或說故事，走向更豐富的應用方式。這是一本圖畫書與說故事雙重交互使用的工具書，提供給照顧者更多的思考，思考如何為幼兒朗讀說故事，打造幼兒最佳的學習環境。

朗讀一本圖畫書，應先了解圖畫書，圖畫書不是插畫的書；為孩子講故事，應要知道怎麼講故事，講故事不是為孩子說教。創造以圖畫書為主的閱讀與說故事的環境，不會讓孩子在幼兒成長階段留白。這一段學習黃金期將是奠定一生學習的基礎，父母需要深度了解。幼兒心中的渴望，聽故事不單只是閱讀需求，更多的是渴望學習的需求。一個美麗的畫面，如書中所提：「孩子希望我們給他念故事，他希望聽到我們說話的聲音，加入故事情節的聲音。讓孩子坐在腿上、依偎身旁或靠在胸前，他會手舞足蹈滿足快樂。共讀的情感理由是散發親子間一種綿密細膩的感情，是自然、原始、持久，且最有價值的。」

最終的魔法寶藏

伊莎貝爾・卡里爾與杰侯姆・胡里埃這對魔法夫妻，藉由魔法符號創作魔法圖畫書，讓讀者能在有趣的故事中，建立人生的價值觀與學會愛與和平的普世價值。我們就來看看這對魔法夫妻，怎麼施展魔法，創作魔法圖畫書。

第一個步驟，挑選「魔法符號」

魔法夫妻選擇孩子都會懂的簡單符號，例如顏色、形狀、線條與大小等等，接著將之擬人化，或者具象化，讓這些符號在故事中成為特殊的魔法符號。《爸爸、媽媽、哥哥和我》中以「繩子」當作魔法符號；而《小方和小圓》選擇「形狀」作為魔法符號；《安托尼的小平底鍋》的魔法符號是「小平底鍋」。有了這些魔法符號，就可以準備創作魔法圖畫書了。

第二步驟，施展「差異」魔法

魔法夫妻找到各式各樣的魔法符號時，他們便會去「觀察」魔法符號的物性與特點，然後開始施展「差異魔法」。以《小方和小圓》中的「形狀」魔法符號為例，當被施予差異魔法時，形狀就會開始變成不同的形狀。《爸爸、媽媽、哥哥和我》的魔法符號是「繩子」，遇到「差異魔法」時，繩子就會變長變短。《有色人種》使用「顏色」魔法符號，遇到差異魔法時，顏色就會變黑、變白、變紅。總之，「差異魔法」就是這對夫妻的專有魔法，他們想要讓世界上所有的東西都變得獨一無二。

第三步驟，魔法寶藏

每個魔法符號經過差異魔法的作用之下，你會驚然發現，他們都變成了一個可貴的魔法寶藏。《爸爸、媽媽、哥哥和我》的魔法寶藏是「家庭關係」。《有色人種》是「尊重」;《小方和小圓》的魔法寶藏是「接納與關懷」;《安托尼的小平底鍋》的魔法寶藏是「獨一無二」，每本書都有自己的魔法寶藏，讓每個看故事的讀者，都能得到專有的魔法寶藏，是這對魔法夫妻的最終目標。

綜合三個步驟，魔法夫妻的魔法繪本就產生了，整個施展魔法的過程就像是在玩一場遊戲一樣，使得故事充滿想像力與趣味性。我們可以感受到這對魔法夫妻的用心，他們施展魔法是有原因的。想必是，他們認為小朋友可能對於抽象的事物還沒有辦法充分理解，所以只好以魔法輔助幫忙。當所有的物件與情感，都可以變成可愛魔法符號時，這是多有趣的一件事啊，而且最後還能得到一個魔法寶藏，多麼酷啊！

隨著翻閱著一頁又一頁，撥開一層又一層的洋蔥之後，必可以感受到魔法夫婦所暗藏的魔法寶藏，不外乎是對於人類基本的愛、關懷與包容。不只如此，含括友情、親情、族群；抑或是從最基本的個人到與別人的關係，甚至到族群國家，魔法寶藏都可以適用，真是太神奇了。

讓我們再仔細檢視，這一套六本的魔法符號圖畫書，究竟有何迷人之處：

第一，拋出許多值得思考與談論的魔法寶藏

許多議題對於兒童而言都過於複雜，不過卻又如此的重要。如何用簡單的方式，讓孩子去思考許多重要的議題，並且幫他們建立良好的價值觀，這是相當重要的。這些價值觀有助於他們在成長的過程當中，養成他們的中心思想。例如如何處理自己的情緒問題，或者如何處理自己的人際關係，亦或者當遇見不合理的事，是要袖手旁觀，或

者是要勇敢地站出來說話等等，這都會影響他的整個人生。

第二，魔法符號和差異魔法太有趣了，使得閱讀故事像在玩遊戲

作者擅於把抽象的事物具象化，讓孩子可以更簡單的去理解抽象的概念或者事物，例如將吵架比喻成一大團纏繞的黑鋼絲，它就夾在兩個好朋友中間，雙方若要和好，必須得一起解開處理這團黑鋼絲，讓它不再阻礙著彼此的友誼，和好如初。小方和小圓則是利用形狀暗示著個體的不同，如何接受並且接納不同的人，而不是急於切割與自己不同的人。不只如此，創作者絕妙的利用這些符號，在遊戲化的包裝之下，讓故事變得充滿趣味。

第三，要破解「差異魔法」，就必須不斷動腦與對話

思考的過程絕對遠遠大於獲得答案本身，而且這些議題都是為了建立孩子擁有愛、關懷與包容的情懷。讀者必須在創作者刻意留下的許多空隙與問題中去思考，因為這所有的問題都沒有正確答案，只能透過不斷的提問與討論，才能讓孩子更為了解之間的意義，也在這個對話過程當中，學會獨立思考與解決問題的能力。

感謝魔法夫妻帶給我們滿滿的驚喜，精心安排每個魔法寶藏，讓大小讀者不只在魔法圖畫書中玩得相當開心，在玩樂的過程當中也能學習到思考與對話的重要。最後的最後，你會驚然發現，所謂的「差異魔法」，只是魔法夫妻想要傳達一件事：每個人、每個文化、每個物種都是不同的，唯有愛、包容與關懷，彼此尊重，才能獲得最棒的魔法寶藏——和平與快樂。

讀《正陽門下》

戰鴿代表著殺戮，更隱喻著和平

小說開頭以鴿子開場，如此描寫：

> 一群鴿子正挾著鴿哨聲掠過正陽門城下，它們歡快地飛過來，忽上忽下，彷彿在和我打著招呼。
> 「這是咱家的鴿子吧？它們肯定是來接咱們的！」我興奮地喊著。

最後也以鴿子結尾：

> 「嗡嗡——」這個時候，我聽到了熟悉的鴿哨聲。
> 循著聲音向南望去，我看到一群鴿子正在飛越正陽門城樓，它們先是繞著正羊門城樓飛了三圈，之後就朝我們這邊飛了過來。
> 我聽到那悅耳的鴿哨聲久久地迴盪在藍天上。

應該更正確的說，故事的開頭與結尾，作者都刻意連接兩個意象，「鴿哨聲」和「家」。鴿哨聲隱喻著是「和平」，書中如此說著：

> 桃花眼和藍眼睛是信鴿，信鴿因為飛行速度快，鴿哨發不出聲。只有四塊玉這樣個觀賞鴿，鴿哨才會發聲。（頁213-214）

所以我們可以得知，故事一開始和最後都是由四塊玉所配戴的鴿哨所發出的聲音，而不是桃花眼和藍眼睛這樣的戰鴿，這也代表著作者的核心意志：他渴望著和平，他更在乎的是家和家人的團圓。作者透過這個大家族的家事敘寫，間接帶出國共內戰的歷史背景，所以他更注重描寫的是家人間的情感，戰爭對這家子所帶來的生活影響。從隻字片語中，都可以感受到作者對於家庭的重視，透過鴿子隱喻更是巧妙，文中有一段如此描寫鴿子，卻巧妙的把鴿子、家庭與渴望和平的意象連結在一塊：

> 鴿子有個習性，就是戀家和護家。所以無論飛得多高，只要看見自家房頂上出現了別人家的鴿子，就會迅速降落。二舅說。（頁93）

> 「你們聽，這鴿群的哨聲就像交響樂。」突然，我聽到二舅說話了。（頁214）

鴿哨的效果隨著鴿子飛放方式的不同而不同。鴿子自遠方歸來，迴翔時，係哨起到預報的作用。鴿子圍繞居所一再盤旋，這時最能體現哨子的作用。

所以說，鴿哨最直白的說法，就鴿子在說著：「我回家了！」四塊玉是觀賞鴿，乍看之下沒有什麼作用，更沒有戰鴿的厲害，實質上，不過卻是從頭到尾出現的觀賞鴿，因為對他們家而言，牠可以說是他們家的家鴿，象徵家人的鴿子，是比戰鴿更為重要的鴿子。然而戰鴿在小說當中被殺害了，作者也暗示戰爭的殘忍，還說著，等到戰爭結束牠們也可以不用再當戰鴿，透露著作者的悲天憫人與對和平的渴望。

鴿子不只是暗喻，作者也大量具體使用鴿子的知識撐起這部小說，讓小說更為精彩有說服力：例如清掃鴿籠，抓鴿子，桃花眼，觀賞鴿，四塊玉，軍鴿，撞盤，訓練鴿子，鴿種等等，再透過二舅與孩子一起合手牽起了這條線，讓故事的整體結構非常完整，意象更得以伸展。

看似小朋友快樂的童年，大人的心情卻是五味陳雜

兩個小朋友二寶跟三寶在這部小說中竄著，故事還是從二寶的第一人稱敘述，從一個孩子的眼裡所觀察到的戰爭史，當然與成人不同。無論是有意識的大舅、二舊與大寶都正值青壯年，對於國家意識與家族認同有著強烈的主張與信念，所以他們在乎的不只是家園，更是心繫國家。但是，兩個小朋友的眼睛在乎的只有鴿子與玩樂，從孩子的眼睛所看到的戰爭世界，主角的世界因為年紀而相形侷促，不過孩子的心思簡單真誠，他們的眼睛更像是一張張戰爭照片，雖然沒有過多的濃烈情感，卻更真實的反映戰爭的面貌。再則，在充滿殺戮鮮血的戰爭小說中，透過孩子的似懂非懂的萌懂可愛年紀連接整個小說，讓小說不至於過度沉重，充滿哀號與苦難，反而讓小說充滿生機和希望。

特別的人物的分布與設計

我約略把小說的人物分成四類：

第一個族群	大舅、二舅、大寶　（郝俊杰、張貴發）
第二個族群	二寶、劉渝平
第三個族群	秀兒、大舅媽、媽媽
第四個族群	姥爺、姥姥、洋大夫、老劉、趙姨

短短的小說當中，就出現了十幾個角色，要怎麼處理可是一個大學問，所以我把角色歸類為四群，從這四個族群當中，就可以發現作者處理角色的方式。第一個族群，大舅、二舅和大寶。他們有相當強烈的自主意識，隨著戰爭的發生，他們的主張也受到挑戰，無論是對

於自己的認同、國家的認同，還有家人的認同都發生了改變，不過他們是敢勇於發聲的人，所以小說的情節總是繞著他們跑。

第二個族群，也就是二寶和劉渝平，這篇小說是以二寶的視野而作，而他的弟弟劉渝平是他的玩伴，雖然兩個都是孩子，照理說沒有什麼戲唱，但是因為是由二寶的視野看世界，所以他的分量是小說中最大的，但是有趣的是，通篇小說當中，卻也不見他們鮮明的個性與情緒，所以他們似乎變成更像是說故事的敘事者的角色。

第三個族群，是女性的族群，在這個故事當中，幾乎沒有聲音，非常的扁平。

第四個族群，是家裡的重要家人，他們只重視家人的處境，幾乎對於外頭的戰爭與世界沒有任何的評論，他們只想能平安快樂的與家人相處。

因為這四個族群的分量感差距很大，雖然乍看之下人物的刻畫顯得薄弱，但以整個小說的格局而言，或許是好的。一個不大的小說要擠下那麼多人物，處理得不好會讓小說的節奏整個失序，但是作者刻意增加與減少人物在小說中的分量，卻意外讓整個小說的節奏顯得非常不錯，真是相當特別的布局，也讓人物過於壅塞的問題得到解決。

不朽的靈魂

如果有一天我不再记得你，
你会不会像过去一样爱我，
就像我现在爱你一样……
穿越时空的告别
彭素华 / 著
ZHEJIANG UNIVERSITY PRESS
浙江大学出版社

一個充滿矛盾與傷痕的家族，不曾間斷的情緒風暴，直到罹癌的爺爺剩下短暫的生命時，才讓這個家庭降下甘霖，看到希望的曙光。

小說中講述著一個大家族，成員彼此嫌隙不滿，陳痾新傷導致每個成員都傷痕累累，雖然各個都疲倦不堪，但各個就是不願妥協讓步，直到家族的大長輩——爺爺即將過世，這個家族才產生改變，故事便從這裡開始說起。

作者選擇最為直接的書寫方式，毫不遮掩的言語與情緒，無情地撕開血淋淋的家族傷疤，讓讀者可以清晰見到家族的破裂與不堪。情節常是刀光劍影，爭鬥吼叫，瀰漫著一股低壓氣，挑戰讀者的閱讀極限，卻又在適當的時候，以幽默的語言與荒謬的情節，扭轉情緒風暴所帶來的沉重感受，如此扣人心弦、吊人胃口，是作者相當高明的地方。

作者刻意安排新世代與舊世代共同面對家族難題。舊世代的冥頑不靈，無解的人情世故，竟在新生代無厘頭的新鮮思維下，找到解題的可能，使得原本鬱悶沉苦的氛圍，頓時天降甘霖，氣氛變得幽默輕鬆，難題迎刃而解，讓這個家族找到繼續前進的可能。爺爺罹患癌症，時日不多，本來是愁苦哀傷的事件，不過新世代的家族成員為了讓爺爺不留下遺憾，說服舊世代拋下前嫌合演「和解大戲」，讓爺爺在最後一段時日安心離世。這個決定幫助不見光明的家族開了一扇窗，重新感受涼風與陽光的美好。可悲的是，若是沒有爺爺的死亡，這扇窗便不會打開。當爺爺一步步踏入墳墓，家族才一點一滴地拋棄前嫌，修補舊傷，雖然諷刺卻相當真實。

一部精彩的小說能讓讀者「找到」自己，並在閱讀的過程中，療癒內心無法與人訴說的痛苦；或許作者是媽媽的關係，她不忍讀者受到折磨苦難，總是按捺不住現身於文中，借著角色闡述自己的人生價值與生活態度，讓讀者能夠從苦痛中解脫，可見其母愛灼灼。

作者在這個題材中不斷創新，透過幽默的筆墨披荊斬棘，闢出一條康莊大道，令人眼睛為之一亮。最後，我也能從中感受到作者為人母的溫暖與細膩，她透過文字的書寫試圖伸出雙手，擁抱任何在家庭中受苦的孩子，還有大人。

小時候的魔法

我相信，每個作家都有一個精彩的童年，無論是悲苦的，或是歡愉的，都會像是一口被挖掘的井，那井水即使是在他們長大之後，也會持續不斷汩汩地向外湧著，滋潤著他們的人生。

「小時候」是每個人生命的源頭，它決定了你生命的基調。每個人在成長過程中，似乎都是在不斷地彌補小時候的缺憾；抑或是，你很幸運，已經有了一個很棒的童年，所以你會希望一直能活在小時候的愉悅當中，因此你會不斷地複製，複製那一段黃金般的生活。

總的來說，童話對許多人而言，是一種美好與懷想。當我們長大之後，遇到困難和挫折時，就會希望能夠回到童年那無憂無慮的時間裡。童年是一種懷舊，是一種像天堂般的美好，因為在童年，沒有任何壓力，不需要工作，不需要賺錢，只需要自由自在地玩樂，無比歡暢。

所以，對許多人而言，童年就是天堂，他們希望有一天能夠再回到那個樂園，就像彼得．潘那樣。不過這似乎是不可能的，因為，我們的心已經不再像孩子一般單純與自由，我們早就在成長的過程中，變成了一個巨人，永遠都無法再次踏入那個小小的樂園。

「小時候」這三個字似乎帶著魔法。無論小時候發生多麼荒謬神奇的事，好像都不會被懷疑，因為那是——小時候。小時候就是所有的事情都有可能發生，它就像個童話世界，小白兔會說話，小鳥會變成飛機，任何事情都有可能，而且都是真的，因為那就是一個魔法世界。所以，我敢發誓，兒童文學創作者的魔法故事，一定也都是從這個魔法世界裡走出來的。

這本書不像其他作品那樣把小時候的生活寫得苦悶而辛苦，它反倒是蒐集了許多作家小時候發生的有趣的事，這些故事有的甚至很荒謬，讓讀者看完之後不禁會問：「這是真的還是假的？」

能給作家留下深刻印象的事，一定是很特別的事。因為都是作家自己的親身經歷，所以故事的陳述也特別精彩。它似乎是在讓讀者一路跟著作者身歷其境，走進作者的魔法世界。

《真的假的小時候》蒐集了臺灣地區十二位作家的十二個事件，講述了十二個童年裡發生的十二個故事，最後組合成了十二道不同的彩虹。它會讓讀者一飽眼福，讓讀者一窺這些臺灣地區兒童文學作家的小時候到底發生了什麼稀奇古怪的事。閱讀他們的童年趣事，一定會讓你重溫兒時般的美好，讓你回想起曾經溫暖無比的記憶。

如果你的童年充滿苦澀，請相信它終會在歲月的沖刷後，幻化成一道道美麗的彩虹，所以請你也一定要看看這些故事。

因為我相信，童年是這個世界上最美好的事物，它是上天對人們最美好的祝福。

媽媽的話

「媽──」

我相信這是人類最親密，也是最幸福的字眼。

媽媽的話，是囉唆與雜念，像隻討厭的蚊子；但它同時也是提醒與叮嚀，像是夜晚的燈塔，總是陪伴我們，在黑暗中找到方向與溫暖。

每個人都有媽媽，我認為媽媽的話，大致可以分為三個階段。

「聽媽媽的話，媽媽說的話都是對的。」這是將媽媽的話當作聖旨般遵從，也是與媽媽相處的第一個階段。這個時候，你應該還處於幼兒時期。

「老媽，你也未免太囉唆了吧！」如果認為老媽總是嘀咕，真的很煩，說明你已經進入與媽媽相處的第二個階段，這時候代表你已經長大了。

「媽，你簡直太神了，所說的話逐一應驗啦！」恭喜你，此時你已經進入第三個階段，你已經可以聽得下媽媽的話，也知道媽媽的話是經驗與提醒，是金玉良言。這時候的你應該成熟了，或許也已經成了父母；相對的，你的媽媽已經老了。此時是你和媽媽的感情最好的時候。

這本書的策劃相當有趣，特意邀請了十二位臺灣兒童文學創作者，來談談自己的媽媽最愛說的一句話。能被作家選上的這句話，肯定對他而言有著莫大的意義，或許就連我們也能從作者所選的這句話當中偷學至理。閱讀這些作者與媽媽們的小故事，除了可以感受到媽媽的愛之外，也可以感受到每個媽媽不同的可愛之處。

媽媽或許是最了解我們的人，因為她是看著我們長大的；而我們長大之後，或許會因為工作或者某些關係而與她疏離。或許你對於現在的媽媽，有著非常多的抱怨與不滿，不過倘若站在她們的角度思考，沒有人生來就會當媽的。我相信世界上的媽媽，沒有不愛自己的孩子的。只是因為許多媽媽總會陷入「愛之深，責之切」的迷霧當中，而對自己的孩子更加嚴厲，可這一切只因為她希望孩子能更好。不過，也正因為如此，母子關係總是被弄得更僵、更不愉快。

若是親子雙方能互相了解體諒，互換角色思考，或許母子關係也可以得到改善。看著這十二對母子的精彩故事，我們知道了別人是怎麼與自己的媽媽相處和互動的，然後再從他們的故事當中，回想自己是怎麼與自己的媽媽相處的。或許我們還可以參考他們的相處模式，讓自己和媽媽的關係更為緊密。

我發誓，你一定會重新認識你的媽媽，覺得她很可愛、很偉大。

「我媽說」是孩子對媽媽的撒嬌，也是孩子永遠不會忘懷的幸福。讀完這本書，我相信你應該也會想起，你的媽媽最常跟你說的那句話……

無論是哪句話，其中一定都是充滿著無限的——愛。

一把圖畫書導讀的鑰匙

圖畫書的閱讀對象是低幼孩子，它是以圖書的方式呈現的書，是用孩子喜歡的圖像語言。以及孩子能夠懂的圖畫表現方式，向孩子展現一個神奇的、充滿想像與創意的世界。低幼孩子的喜好和大人不一樣，他們喜歡誇張、新奇、充滿趣味，有別於真實生活的故事；而不喜歡枯燥的故事、乏味的敘述。因此，寫給孩子看的書，特別是圖畫書，總是洋溢著濃郁的趣味性、歡愉性和遊戲性。這種歡愉性和遊戲性，即是創意與想像的實踐。

雖然，圖畫書由於自身的演進，以及「視覺轉向」（或稱圖像轉向）的驅動，已然成為一種獨立的文類，並且閱讀對象亦不再以低幼孩子為主。而低幼孩子閱讀的圖畫書，儼然成為低幼學前的教材，甚且以大人角度解讀的導讀滿天飛，我們已然忘記松居直在《幸福的種子》裡叮嚀與告誡：

> 我得到了一個結論：圖畫書對幼兒沒有任何「用途」，不是拿來學習東西的，而是用來感受快樂的。而且一本圖畫書愈有趣，它的內容愈能深刻地留在孩子的記憶裡，在成長的過程中，或是長大成人之後，它自然能理解其中的意義。
> （《幸福的種子，親子共讀圖畫書》松居直著，劉滌昭譯，江西省，二十一世紀出版社，2013年9月，頁20）

或說導讀是圖畫書發展過程的必然之惡，但總是亦有書寫的規律，莉莉的專業是學前，知道她幫出版社寫了許多圖畫書的導讀，因此鼓勵她出版，讓人了解她的導讀方式。如今她整理與修訂成書，書名《歡迎走進圖畫書的王國》，全書除前序與後記外，分：嬰幼圖畫書、認識兒童、神奇的遊戲、生活教育、哲學的兒童與精彩寫作等六輯。在序文中她說：

> 如果我們把具有「圖文合奏」特色的圖畫書理解為一種表達形式，那麼其背後的「意思」就是故事性、遊戲性和兒童性的整合。

又代後記標示為：被人懂得的感覺真的很好。可知莉莉是以戒慎與恐懼之心，來書寫低幼圖畫書可能的類型與內容。因此，我當然樂於推薦。

一部住在圖畫書中的小動畫片

與其說這是一本圖畫書，不如說它是一部定格式的小動畫片，因為創作者使用大量的圖像符號和漫畫語言，試圖把這部小動畫裝在這一本小小的圖畫書中，徹底顛覆讀者的閱讀體驗。

由於創作者使用相當多的電影敘述技巧，於是在翻頁的過程當中，便會感受到創作者特殊的畫面構圖美學；再加上長鏡頭、特寫鏡頭、還有漫畫式的分鏡，電影式的剪接與蒙太奇手法等，相互流暢的轉換交織，讓讀者在閱讀這本圖畫書時，宛若在觀看動畫般的錯覺。

儘管書面上還是有些文字，不過都僅是使用漫畫常見的「狀聲詞」與「特意動作」的單字敘述；除此之外，沒有任何的句子。這些簡單的「單字」創造實體的「聲音」，讓整本圖畫書除了畫面之外，只剩下聲音，沒有任何文字與意義的干擾。聲音變成是角色的代號，是情緒的鋪陳，也是電影的音效，這些聲音，在沒有傳達意義的干擾之下，似乎更加響亮清脆，幾乎要從圖書當中跳出來。

不只如此，圖畫書裡頭刻意設計許多有趣的符碼，等著讀者去發現與破解，這也是這本圖畫書相當有看頭的地方。例如巧妙使用色彩與光的符號來暗示許多故事的發展：小狼身上的灰色區分與透露母子關係；最後的兩束光暗示著家、希望、還有人類。圖畫中的符號不再只是符號本身，而是承載著更多還未被挖掘的意義，還給讀者更多詮釋的可能與空間。

其實，這本圖畫書的故事很簡單：一個小女孩在暴風雪裡救了一隻小灰狼；而小女孩不小心也受困在暴風雪中，最後換成野狼救了小女孩的溫馨故事。但是，如果這個故事僅是如此，那就沒什麼好談，但是創作者刻意的符號選擇與巧妙安排，讓整本圖畫書精彩不斷。他讓小女孩穿著紅色的斗篷，在森林裡頭遇見小狼，角色與環境的設定都與童話小紅帽一樣，使得故事之間的趣味與縫隙變得非常大，讀者有了更多的想像空間，故事的意義變得更加豐富，詮釋的角度也因人而異。

另外，在故事中可以強烈感受到創作者高度對於自然生態的關懷與重視。森林在許多故事當中，只是個故事背景，但是在這裡卻是相當重要的角色，森林與暴風雪可以輕易擊敗人類與動物。這也是暗示著讀者一件事：絕對不可以輕忽自然的力量，唯有與自然共生共存，保持敬畏不加破壞，並且尊重其他物種用愛關懷，人類才能擁有美好的生活。

除此之外，人與動物之間的情感，不同族群之間的愛讓這個故事更為飽滿。小狼在暴風雪當中落單，小女孩救了他，並把他帶回母親的懷裡；也因為如此，換成小女孩遇難，母狼嚎叫讓其父親能夠知道小女孩受困於此，並完成搭救的工作。在這樣的循環當中，人幫動物，動物幫人，物種之間沒有距離，透過愛讓彼此更為和樂，最後的結局讓讀者感受到宛如聖誕佳節家人團圓的溫暖。

這是一本相當特別的圖畫書，讀者除了一邊享受創作者的創作美學，讓讀者感受到宛如動畫片的聲音、色彩與光線設計；欣賞的同時，也一邊強迫讀者試圖解密創作者所安排的符碼，再到下一個情節中去驗證自己的發現，讓整個閱讀當中充滿互動，樂趣不斷，相當精彩。

我們的歷史，我們的記憶

楊永青是誰或許你很陌生，可是當你打開他的圖畫書，你會感受到一種不同風格的呈現。這種不同風格的呈現，就是所謂的歷史，所謂的記憶，也就是所謂的文化。

楊永青是中國著名的國畫大師，他以國畫方式詮釋經典童話，讓人眼睛為之一亮，呈現出他所處時代的圖畫書風貌。

經典童話，禁得起時間的流傳，靠的是普世的價值；所以它像壺酒，越陳越香，總是醍醐灌頂，歷久彌新。孩子初到人世，不懂得人情事理，社會善惡，所以成人總是透過故事，傳達自身的民族價值與精神，並且告訴他們置身的文化之中的一切規則。孩子在閱讀當中，便能了解自身文化的精神底蘊。

艾略特在〈傳統與個人才能〉中告訴我們傳統的重要，他認為每個國家或者民族，都有屬於他們自身的歷史記憶與文化傳統，我們必須要守護與傳承。楊永青嘗試利用國畫技法創作圖畫書，讓中國獨有的美術表現，在西方的圖畫書脈絡中，呈現固有文化。

或許可說，楊永青的圖畫書特色就是中國風，也就是利用中國元素創作，他的創作是存在濃厚的中國意識。在全球化的過程當中，中國從一開始的沒有信心，只是一味的引進與西化，月是國外圓；但是逐漸，中國有信心了，更多創作者開始意識到自己的家鄉與土地，學會欣賞傳統文化與美學，並且以此創作，希望能傳承與再現自身文化的美麗，也希望能把它帶給孩子，楊永青便是。

我傾向使用文化並置（cultural juxtapostion）的概念，這是人類學的一個概念，講的是，將許多不同的文化的作品全都放在一起，這時平常看不出來的文化特色，都會在比較當中，顯而易見。圖畫書的創作與欣賞亦是如此，在全球化的脈絡中，我們已經無法拒絕其他文化與國家的作品；但是，我們可以選擇將我們文化的作品，以平等的心態與翻譯的作品放在一塊，再由專家引導講解自身文化的美在何處？美學並沒有好壞，只有喜好，但是審美是需要學習的，若是從小便暗示西方的美學型態才是美，這可就不好了。於是，如何在平常的閱讀或者美學教育當中，由老師專家引導解釋變得相當重要。

這六個經典童話故事，透過楊永青的詮釋，達到非常棒的效果，無論在國畫技巧的展現、人物的刻畫、畫面的構圖，色彩的運用都純熟高招，讓人眼睛為之一亮。可貴的是，其實楊永青的國畫風格，其實已經為了孩子做了些調整，使得孩子就算沒有深厚的國畫素養，也能夠欣賞喜歡上他的作品，這也是楊先生相當可貴之處，他的國畫展現出童趣、赤子之心，更為可愛，更為溫柔了。

兒童、閱讀與教育

《福建教育》編輯黃星 e-mail 來訊說：受張祖慶老師所託，談及「整本書共讀」的話題。我們想策劃一組文章圍繞這個問題，大家表達一下自己的想法。故而，冒昧攪擾，想與您約一稿，談談您的思考。您在此前的回應中對您的觀點所言及闡釋，能否展開來具體談一談，讓這個問題更加明晰。也為兩地廣大的一線教師提供有意義的指導。

一　前言

所謂此前的回應，是指祖慶老師〈整本書共讀的意義與價值——與臺灣林文寶先生商榷〉一文。

當時我在旅途中，只是簡單的私人回覆，後來我也同意他轉發。祖慶老師說有十位跟他反應。總之，我對祖慶的全文並無特別意見，我只能說或許我有言不盡意，抑或許聽者有斷章取義之嫌，真是抱歉之至。其實，在論及「過度用力」之時，我應該會說是用心而不是用力；至於共讀我會說學生那堂課不是在共讀一本書，而真正是課外閱讀，又何必規定共讀一本書呢？其實真正反對的是米勒，他在《書語者》第六章反對全班共讀一本書，認為這是傳統做法，個人認為傳統做法並非不可取。

閱讀推廣之初，誤區之一即是課內、課外不分。當然，我也不認同「班級讀書會」這個「名不正，言不順」的用詞。兒童閱讀發展至今，所謂班級讀書會似乎應該已成過去了吧！如今，藉此機會說明我對閱讀的相關諸事，亦是快事一件。以下擬用三個關鍵詞來說明兒童、閱讀與教育之間的種種相關之事。

二　兒童文學

第一個關鍵詞是兒童文學。

兒童文學是為兒童量身打造的精神食糧。我們期許給兒童一個屬於他們的童年。

兒童文學是一個流動的概念，其產生是肇始於教育兒童的需要，而其動力則來自於工業革命與中產階段興起。

當然，兒童的被發現，以及兒童觀的演進，更是與兒童教育、兒童文學息息相關。

（一）意義

有關兒童文學的定義，可說界說紛紜，林良在《純真的境界》一書中，引錄兩段英國人編印百科全書：

> 《世界百科全書》，在「給孩子的文學」的條目下卻說：「為了引起兒童閱讀興趣而撰寫的文學作品，可以說是一種新的文學門類。」（引自林良《純真的境界》，福建少年兒童出版社，2017年1月，頁11）
>
> 《世界之書》百科全書（*The World Book Encyclopedia*）特別收入一個「兒童文學」辭條，開頭的第一句話就說：「跟固有的文學比起來，兒童文學是一種晚起的新文類。」（同上，頁19）

個人認為：「兒童文學」一詞，就文法結構而言，是屬於組合關係的詞組，也稱「附加關係」或「主從關係」。其間「文學」是詞組中的主體詞，稱為「端詞」；「兒童」是附加上去的，稱之為「加詞」。它最簡單而又明確的解釋是：兒童的文學。

但由於文法結構的限制，它只是由兩個名詞組合而成的專有名詞，其文意並不周延，且由於對「兒童」、「文學」有各種不同的解釋，於是有了各種不同的組合的定義。但至少從文法結構而言，它的主體是文學；又就修辭的角度來說，兒童文學之與成人文學不同，即是在於主要閱讀對象的不同。

其實，各種界定劃分都只是為了便於解說，難有十分清楚的分界。然而，就研究與教學的立場而言，兒童文學一方面要有兒童的特色，同時也要有可讀性的文學化。因此，我們認為兒童文學在本質上乃是在「遊戲的情趣」之追求，在實效上則是在於才能的啟發，而其終極目的則是在於人文的素養。是以，這種屬於兒童的文學作品，乃是經過一種的設計；這種設計，不論在心理上、生理上與社會上等方面而言，皆是適合於兒童的需要。

目前，通行的說法，「兒童文學」、「兒童讀物」、「童書」，則是屬於互通的同義詞。但就學門而言，則包括創作、鑑賞、整理、研究、討論、出版、傳播與教學。

（二）兒童中心

有關兒童被發現，以「兒童中心」的教育主張，可參見林玉体《一方活水——學前教育思想的發展》一書（信誼基金出版社，1990年9月）。

所謂兒童被發現，即是兒童的特殊性受到承認。

兒童文學之所以能自立門戶，是因為它有特定的服務對象。一般說來，是以零歲至十八歲為讀者對象的文學。這是它的特點與特殊性之關鍵所在。兒童文學最大的特殊性在於：它的生產者（創作、出版、批評）是最有主控權的成年人；而消費者（購書、閱讀、接受）則是被照顧的兒童。因此，從某種意義上來說，一部兒童文學發展史，就是成人「兒童觀」的演變史。兒童文學的發現來自兒童的發現，兒童的發現直接與人的發現緊密相連，而人類對自身的發現，則是一段漫長的探索歷程。

儘管自古以來就有兒童的教育問題，可是把兒童當作完整個體看待的觀念，卻直到二十世紀初期才逐漸形成。在此之前，兒童被視為「小大人」，他們沒有自己的天地，只是成人社會的附屬品。二十世紀以後，由於發展心理學蓬勃發展，以及教育理念的演進，各界對兒童的獨特性才加以肯定，認為從發展的觀點看，兒童不是小大人，而是有他們自己的權利、需要、興趣和能力的個人，聯合國於1989年通過「兒童權利宣言」，可說正式這種潮流的具體反應。

在一段很長的時間中，童年並沒有什麼特性。根據歷史學家的研究，歐洲各國十六世紀以前，根本就沒有「童年」這個觀念，在那個年代，小孩子只是具體而微的成人，正因為「兒童」這觀念是逐漸產生的，所以對於兒童文學有意識的創作，在十六世紀以前也就成為不可能的事了。

從「童年」這觀念的認清到兒童文學的受到重視，其間約有二百年的時間。大概在十八世紀末以後，小孩子才不再是大人的縮影。在教育家眼裡，小孩子是獨立存在的，兒童需要一種特殊文學的觀念也因而產生，於是兒童文學的創作，才開始以兒童的興趣及教育並重。

兒童的特殊性受到承認，當首推十七世紀捷克教育家夸米紐斯

（Johann Amos Comenius, 1592-1670），他最主要的貢獻就是把孩子看成一個個體。而英人洛克（John Locke, 1632-1704）也認為教育必須配合孩子的天分和個人的興趣。其後盧梭（Jean Jacques Rousseau, 1712-1778）在《愛彌兒》中首揭兒童教育的基本主張。在《愛彌兒》一書中才能找到以孩子特別的本性為出發點的教育原則。在很明確的目的下，不論求取知識方面、禮貌教育或品德教育方面，大家開始為兒童寫作。盧梭掀起了兒童研究的狂潮，兒童也拜盧梭、洛克之賜，開始從傳統權威中掙脫出來。此後，「自然兒童」的呼聲響徹雲霄；而後裴斯塔落齊（Johann Heinrich Pestalozzi, 1746-1827）更步其後塵，將「教育愛」用在兒童身上；又福祿貝爾（Friedrich Wilhelm August Froebel, 1782-1852）更身體力行，致力於學前教育；二十世紀以來，蒙特梭利（Dottoressa Maria Montessori, 1870-1952）以醫學和生理學眼光來探究兒童心靈的奧秘，提倡「獨立教育」，並創辦「兒童之家」；而杜威（John Dewey, 1859-1952）則是進步主義運動的推動者；又皮亞傑（Jean Piaget, 1896-1980）更以認知心理學的層次來開墾兒童心智上的沃土。他們都將教育的重點建立在兒童身上，是「兒童中心」學說的反映。

所謂「兒童中心」的教育主張，指的不是一套有系統、有統整性的理論，甚至在於許多重大的議題上，也有不同的觀點。但是在尊重兒童的獨立自由性則是一致的。在這種新觀念的主導下，「注重啟發」、「摒棄教訓」及「兒童本位」便成為二十世紀以來兒童教育思想的主流。傳統教育以「小大人」為目的的兒童讀物已不符合新的兒童教育觀念，因為它們是從大人的角度來編寫的，在內容上通常只考慮到文字的淺顯，並未顧及兒童的興趣與需要。真正的兒童讀物應該是以兒童為考慮中心，它的目的是在幫助兒童的發展。因此，如何創作一些可以抓住兒童的好奇心、幽默感和挫折感的文學作品，正是現代兒童文學作家所要努力的。申言之，兒童文學要站在兒童的立場，從兒童的心理、生理與社會的觀點，再用兒童能理解的語言來創作。兒童文學在形式上和內容上，都是受到限制的，當一個作家在為兒童寫作時，必須意識到：兒童特有的感覺、兒童特有的理論思考、兒童特有的心理反應，以及兒童特有的價值觀等。換言之，現在的兒童文學要以兒童發展（心理、生理與社會）為考慮基礎。這是我們在談論現代兒童文學時所必須的基本認識。

所謂「兒童中心」的教育主張，就是尊重兒童個體的獨特性與自主性。

（三）兒童與兒童權利公約

至於兒童的定義，依照臺灣地區《兒童福利法》的規定，兒童是指未滿十二歲的人；又依照《少年福利法》的規定，少年是指十二歲以上未滿十八歲的人。而2003年5月28日公布實施的《兒童及少年福利法》第二條：

> 本法所稱兒童及少年，指未滿十八歲之人；所稱兒童，指未滿十二歲之人；所謂少年，指十二歲以上未滿十八歲之人。

參照聯合國《兒童權利公約》的定義，兒童是指十八歲以下的人。

因此，兒童的年齡可以視情況作較大範圍的延伸及解釋，而本文則採用聯合國《兒童權利公約》的定義。

天下雜誌股份有限公司，2012年11月

談到兒童，勢必談到聯合國《兒童權利公約》，而談到兒童權利，則會說到波蘭的雅努什・柯札克（Janusz Korczak, 1878年或1879年7月-1942年8月）。柯札克生於俄羅斯帝國，波蘭會議王國華沙，死於特雷布林卡集中營，是兒童文學作家、人道主義者、小兒科醫生及兒童教育家。

柯札克在早期就關注與培養兒童相關的事務，並受到「新教育」理論和實踐的影響，他強調與兒童對話的重要性。

他出版過與培養兒童教學有關的書籍，並與兒童一起工作的過程獲得了第一手經驗，他強調解放兒童，尊重兒童的權利。柯札克培養孩子的看法對二次世界大戰後兒童立法方面產生了深遠的影響。波蘭為1959年發表的《兒童權利宣言》做了許多準備工作，並起草了《兒童權利公約》文件框架。為了向柯札克致敬，聯合國將1979年訂為「國際兒童年」，1989年聯合國大會發表的《兒童權利公約》內容，便深受柯札克的影響，世人稱他為兒童權利之父。

以下列出兒童權利發展小檔案：

1923年，國際聯盟起草「兒童權利宣言」。
1924年9月26日，國際聯盟通過「日內瓦兒童權利宣言」。
1948年12月10日，聯合國通過「世界人權宣言」。
1959年11月20日，聯合國通過「兒童權利宣言」（U. N. Declaration of the Rights of the Child）
1978年，波蘭政府撰擬「兒童權利公約」草本。
1979年起，聯合國工作小組審查前項草案，該年並訂為「國際兒童年」。
1989年11月20日，聯合國通過「兒童權利公約」（U. N. Convention on the Rights of the Child），該公約於1990年9月2日正式生效，成為一項國際法。

（四）兩大門類與五個層次

華文世界首開兒童文學層次者，當屬王泉根，王氏於1986年《浙江師範大學學報》（兒童文學研究專輯）中刊登〈論少年兒童年齡特徵的差異性與多層次的兒童文學分類〉一文，文中談到把兒童分為三個層次的文學（幼年文學、童年文學、少年文學）。而後作者又在「三個層次」的基礎上，發展為「三個層次」與「兩大門類」，提出了「兒童文學的新界說」。這一觀點分別刊載於《百科知識》1989年第4期、《新華文摘》1989年第4期、新加坡《文學》半年刊1990年總號第26期，及作者出版的《中國現代作家兒童文學精選上》（湖南少年兒童出版社，1989年7月）、《中國兒童文學現象研究》（湖南少年兒童出版社，1992年10月）兩書。王氏從年齡界定三個層次；從兒童接受主體的審美趣味的自我選擇，規範了「兒童本位」與「非兒童本位」的兩大本位，進而建立了他所謂的兒童文學新界說，他的新兒童文學界說用圖表簡示如下：

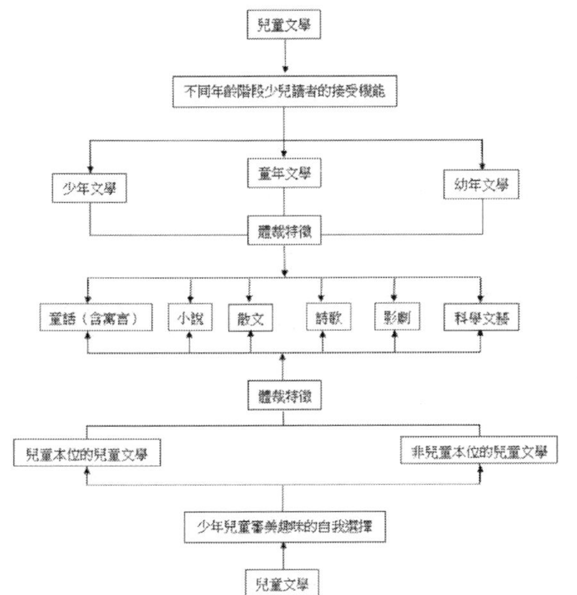

湖南少年兒童出版社1992年10月

見《中國兒童文學現象研究》，頁11

兒童文學的三個層次與兩大門類，是王泉根的創見。這個論述始於二十世紀80年代後期，形成於90年代初期。但由於時代局限，以及概念的流變。以今日而言，宜稱之為兩大門類與五個層次。

青少年文學，美國稱之為 Young Adult Literature，在中國、臺灣則屬存而不論的板塊。究其原因，與政經發展有關，尤其是教育制度更是關鍵所在。就義務教育而言，歐美國家有十二年，在中國、臺灣則是九年。所謂義務教育，即有強制與保護的意旨，而所謂的「青少年文學」，亦順理成章。

至於嬰兒文學的分化，遠因或與對低幼兒的研究及重視教育有關。所謂讀寫萌發，即是指對低幼讀寫。讀寫萌發的概念緣起於紐西蘭的克蕾（M. Clay），克蕾於1966年紐西蘭的奧克蘭大學（University of Auckland）所作的博士論文「萌發的閱讀行為」（Emergent Reading Behavio），第一次使用了「讀寫萌發」（emergent literacy），於是有了讀寫萌發的研究。從1990年代起，臺灣地區亦有讀寫萌發概念進行有關幼兒讀物發展的研究。

至於他的近因，是緣於英國的 Bookstart 的運動。

1992年，由英國公益組織「圖書信託基金」（Booktrust）發起的 Bookstart 運動，是全世界第一項專門為嬰幼兒量身打造的大規模贈書活動；顧名思義，Bookstart 一字結合書籍（Book）及開始（Start）兩項意涵，透過免費贈書給育有嬰幼兒的家庭為手段，提倡鼓吹嬰幼兒即早接觸書籍，擁有快樂溫馨的早期閱讀經驗。

1992年的英國，擔任國中校長的 Wendy Cooling 被邀請參加一所小學的開學典禮。大部分的孩子都拿著老師之前發的繪本閱讀，但卻有一個五歲的孩子看起來相當困惑地聞著書，啃著書。看到這個情況的 Wendy Cooling 感到相當吃驚；她意識到即便是在英國這樣先進的國家中，在入學前完全未接觸過書的孩子仍舊是存在的。同年，Wendy Cooling 成為英國 Book Trust 基金會童書部門負責人，開始著手進行 Bookstart。由英國 Book Trust 基金會、伯明罕大學教育系、伯明罕醫療機構及圖書館合作，在伯明罕地區進行試辦計畫。最初的計畫為免費贈書給三百個7七至九個月的嬰兒。Bookstart 以「Share books with your baby」為口號，由健康訪問員（health visitor）在七至九個月健診時，將閱讀禮袋送至家長手中，同時並說明親子共讀的重要性及介紹附近的圖書館。

1992至1997年，Bookstart 在英國順利地拓展，但卻苦於經費不足。1998至2000年，英國的連鎖超市 Sainsbury's 贊助六百萬英鎊，有百分之九十二的嬰兒因此受惠。2001年 Bookstart 又再度面臨經費危機，教育機關、民間基金會等相繼捐贈，二十五間童書出版社也以低價提供書籍，因而 Bookstart 尚能繼續進行。2004年7月英國政府宣布編列 Bookstart 預算，並擴大實施。對象為英國四歲以下兒童。2005年開始，中央政府機關之 Sure Start Unit 對閱讀禮袋的費用及 Bookstart 的營運經費提供了支援。

臺灣地區最早實施 Bookstart 運動是在2003年於臺中縣沙鹿鎮深波圖書館。2005年11月，信誼基金會成為 Bookstart 國際聯盟一員，2006年臺中縣與臺北市一同採用信誼基金會之「Bookstart 閱讀起步走」，其他縣市也陸續跟信誼基金會合作推行。高雄市則於2007年與愛智出版社合作推行「早讀運動」。而教育部亦於2009年在臺灣地區二十五縣市推行「零至三歲幼童閱讀起步」活動，希望藉由這項活動，讓孩子可以從小接觸閱讀，讓家長願意為孩子閱讀，為培養下一代良好的閱讀習慣奠定良好基礎。

又臺灣於2013年推動幼托整合，幼兒園收滿兩歲以上，六歲以下。

於是所謂嬰幼兒（或稱嬰兒）文學，似乎順理成章的在臺灣成形。

其實，有關青少年文學、嬰兒文學，洪文瓊於1992年6月〈兒童文學的「存有」問題與兒童的「界域」問題〉一文中（見《中華民國學會會訊》8卷3期，頁4-5。）已有論述。

因此，所謂的五個層次是：嬰兒文學、幼兒文學、童年文學、少年文學與青少年文學。

其層次與年齡、教育體制列表如下：

層次	年齡	學制
嬰兒文學	0-2	托嬰
幼兒文學	3-5	幼兒園
童年文學	6-12	小學
少年文學	13-15	國中
青少年文學	16-18	高中

五層次年齡從零歲到十八歲，亦符合聯合國《兒童權利公約》的規範。

最後將兩大門類與五層次列表如下：

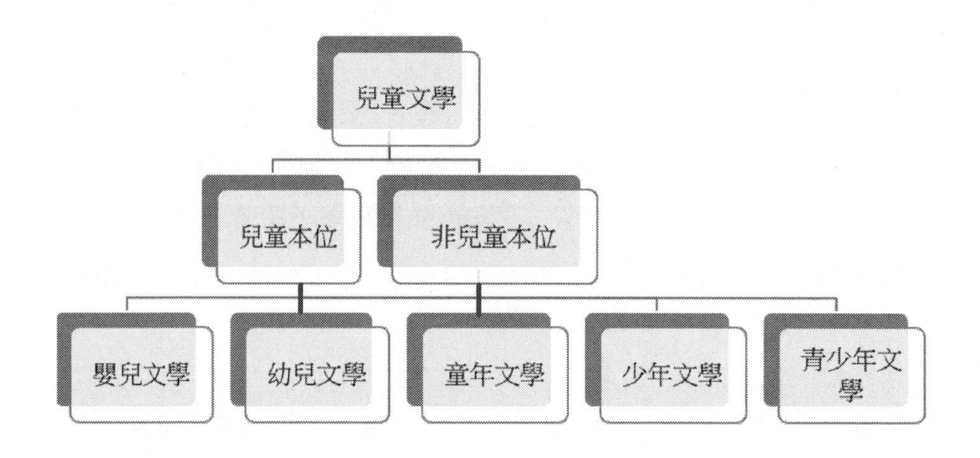

三　閱讀

這是第二個關鍵詞。

國小國語教材離不開聽、說、讀、寫。所謂「讀」是指讀書，是教學的主軸。

臺灣地區小學課程有十來次的修訂，但一直是以說話、讀書、作文、寫字為基本教材，直至1993年2月公布的新課程標準，其對國語科在教材綱要架構上最大的改變是：增加了「課外閱讀」一項，至2003年9月公布《國民小學九年一貫課程綱要》，其教材則改為：注音符號、聆聽說話、識字與寫字、閱讀與寫作。

綜觀課程標準有關閱讀或課外閱讀的重點如下：

1. 課外閱讀很重要。
2. 課外閱讀需要指導與考察。
3. 要另外編國語科補充讀物。
4. 課外讀物要與教材配合。
5. 1993年課程標準三至六年級：未寫作的週次、應聯絡讀書教材、研討作文方法、指導課外讀物。
6. 閱讀或課外閱讀，基本上皆歸屬國語的「讀書」。

總之，所謂閱讀，或課外閱讀除上述現象外。目前各縣市學校似乎皆以教師自主、學校本位或空白課程等方式補充之。可是卻不見可行的教學目標、課程與教學法。以下就有關閱讀說明一、二：

（一）閱讀的成分分析

了解閱讀成分有助於教學或評量皆有指引功能。關於閱讀成分的說法龐雜，多數研究者主張將閱讀成分分為識字與理解兩大部分，本文引自王瓊珠《故事結構教學與分享閱讀》（心理出版社股份有限公司，2004年5月）：

閱讀成分分析：

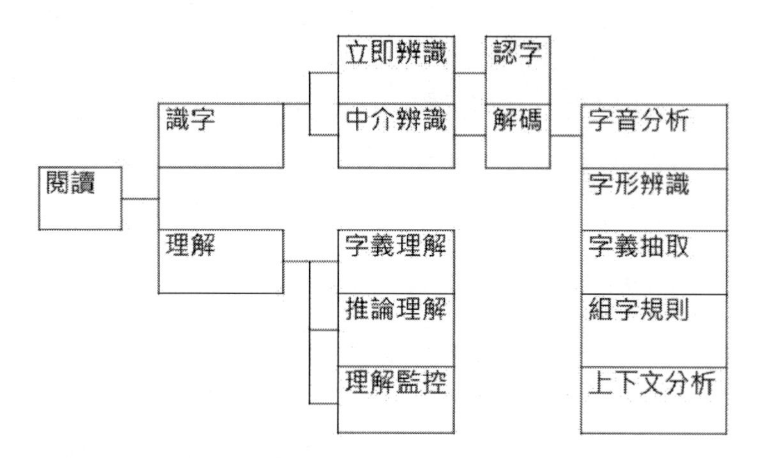

《故事結構教學與分享閱讀》，頁9

(二) Chall 的閱讀發展理論

Jeanne Chall（**1921-1999**）是美國哈佛大學一位很著名的閱讀心理學家，Chall（1996）認為閱讀發展階段從幼小的孩子到成人的閱讀之間，閱讀行為在每個階段會產生不同的特徵，根據各階段的特殊性，將閱讀發展分為零到五，共六個階段。

階段別	閱讀期	閱讀期	年級	行為描述
階段零	出生到六歲	前閱讀期 Prereading		1 約略知道書寫長什麼樣，哪些是（或像是）書寫。 2 認得常見的標誌、符號、包裝名稱。 3 會認幾個常常唸的故事書中出現的字。 4 會把書拿正，邊唸邊用手指字。 5 看圖書故事或補充故事內容。 6 會一頁一頁翻書。
階段一	六到七歲	識字期 Initial Reading, or Decoding	一至二年級	1 學習字母與字音之間的對應關係。 2 閱讀時半記半猜。 3 認字的錯誤從字形相似但字義不

<table>
<tr><th>階段別</th><th>閱讀期</th><th>閱讀期</th><th>年級</th><th>行為描述</th></tr>
<tr><td></td><td></td><td></td><td></td><td>合上下文，到字形、字義都接近原來的字。</td></tr>
<tr><td>階段二</td><td></td><td>流暢期
Confirmation, Fluency, Ungluing from Print</td><td>二至三年級</td><td>1 更確認所讀的故事。
2 閱讀的流暢性增加。
3 為閱讀困難是否有改善的重要契機。
4 為建立閱讀的流暢性，大量閱讀許多熟知的故事是必要的。</td></tr>
<tr><td rowspan="2">階段三</td><td rowspan="2">九到十四歲</td><td rowspan="2">閱讀新知期
Reading for Learning the New</td><td>三 A：四至六</td><td rowspan="2">1 以閱讀方式來吸收新知。
2 先備知識和字彙有限，閱讀的內容屬於論述清楚、觀點單一。
3 剛開始以聽講方式吸收訊息的能力比以閱讀方式吸收訊息的能力則優於前者，到後期以閱讀方式吸收訊息的能力則優於前者。
4 字彙和先備知識增長的重要時刻。
學習如何有效閱讀訊息。</td></tr>
<tr><td>三 B：七至八（九）</td></tr>
<tr><td>階段四</td><td>十四到十八歲</td><td>多元觀點期
Multiple Viewpoints</td><td>國高中</td><td>1 閱讀的內容長度和複雜度增加。
2 閱讀的內容觀點多樣化。</td></tr>
<tr><td>階段五</td><td>十八歲以上</td><td>建構和重建期
Construction and Reconstruction</td><td>大學</td><td>1 選擇性閱讀。
2 即使是大學生也不一定達到階段五。
3 讀者不是被動接受作者的觀點，他會藉由分析、判斷以形成看法。</td></tr>
</table>

整理自 Chall, Jeanne. 1983. *Stages of Reading Development*. New York: New York: McGraw Hill. pp. 10-24

Chall 承認自己提出的理論乃是架接於 Piaget 的認知理論，與 Piaget 的理論有異曲同工之妙。Chall 也主張「閱讀是一種問題解決的形式，讀者在調適或同化的歷程中，適應環境的要求」，後一個閱讀發展階段乃奠基於前一個階段，但並不表示一定要前者發展完備才能進入下一個階段。而閱讀或學習障礙學童在階段一和二有相當大的困難。對於有閱讀困難的孩子要及早提供協助，否則拖到階段三以後，會讓孩子在各方面的學習都受到拖累，以至於原本只是識字困難，到後來連認知發展都落後了（Chall, 1996 p.120）Chall 的理論，可分為三個大階段：愛上閱讀、學會閱讀與閱讀中學習。

（三）閱讀教學模式

本文閱讀教學模式是以王瓊珠、陳淑麗主編《突破閱讀困難——理念與實務》一書。（心理出版社，2010年3月，頁27-43）

閱讀該怎樣教？一般可包括三個問題：
教哪些內容（課程）
怎樣教最有效（教法）
要教誰（對象）

關於閱讀教學有許多主張：

有主張技能導向，強調從認識字詞的基本功著手；有主張從學習策略著眼，強調培養高層次的思考能力，以因應多變的文本內容和任務要求；還有以意義獲得和享受閱讀為指導原則的教學，主張以讀者為中心。以下介紹三種閱讀教學模式：

1 直接教學模式

直接教學模式（Direct Instruction，簡稱 DI）是1966至1969年間由伊利諾州（State of Illinois）一位經驗豐富的幼稚園教師 Siegfried Engelman 發展出初步的教學模式，後來又先後跟任教於伊利諾大學（University of Illionis）的 Bereiter 教授、Becker 教授一起合作，將整套教學模式發展得更完整。

直接教學模式係根據行為主義的教學理論，強調有效教學的原則；所謂「有效教學」是能夠讓學生在最短時間內精熟並保留所學習的技能。他們主張學習來自於多次、正確的練習，隨機的學習探索如果沒有做好，學生反而會一頭霧水，還容易種下錯誤的概念。近年來，認知負荷（cognitive load）理論也支持直接教學模式的若干主張，由該理論所延伸的教學原則之一是「提供範例」（worked examples），範例可降低初學者的認知負荷，使其有限的工作記憶用於特定的學習目標之上，而不會被其他無關細節分散心力。

2 認知策略教學模式

直接教學模式是先將閱讀技巧分解成數個小技巧，然後由教師以按部就班、循序漸進的方式讓學生精熟所有的小技能，期望學生能將小技能整合運用於閱讀活動之中，認知策略教學（cognitive strategy instruction）則是強調教會讀者如何閱讀，並將策略用在真實的閱讀情境中才是最重要的。因為閱讀是一項「弱結構」的任務（less-structured tasks），不像一些事情只要運用固定的步驟便能應付（Rosenshine & Meister, 1997）；因此，即便直接教導讓學生精熟個別小技巧，他們也未必能將技能整合運用。閱讀策略教學就如同讓學生學會如何釣魚，而不是直接餵學生魚吃，之後他們才可能獨立閱讀，不必事事仰賴老師。

策略包含幾個屬性：（1）有步驟程序（procedural）；（2）有目的性（purposeful），即使用者會檢核目標是什麼？目標與現狀之間有多少落差？（3）使學習者要有意願（willful）；（4）需要投入的時間和心力（effortful）；（5）可增進學習效果（facilitative），以及（6）對很多學科學習都是重要的（essential）方法。易言之，學習者若能依據任務性質選對策略是可以增進學習成效的，但使用者與否的主動權操之在學習者手上，教學者無法強迫學生非用不可。雖然諸多研究已經指出，認知策略教學有助於提升學生識字和閱讀理解。

對認知策略教學的建議，其步驟可細分為：

A 測試
B 承諾
C 示範
D 複述
E 基礎練習

F 精進練習

G 提升動機

H 維持與類化

3 全語言教學模式

基本上，全語言教學的興起是對以技能為主體的語文教育之反動。1980年代，許多英語語系學校將語文課程的目標放在語言訓練，老師會讓學生做很多語音、拼字、字彙、文法和閱讀理解的習作練習；但諷刺的是，學生真正花在閱讀和寫作的時間反而變少，甚至興趣缺缺。於是，開始有學者提出新的主張，希望語文教育不要被切割成細小、無意義的技能練習，如此一來只會抹煞學生的學習熱情，反而無法讓他們了解語言的全貌，或是使用語言來溝通。

從全語言教學的理論基礎來看，不難推論其教學主張。歸納全語言教學的主張是「所有讀寫教育均須是真實而有意義的，必須與學生的興趣、生活及所在的社區緊密關聯。因此，聽、說、讀、寫都應注意溝通與使用的場合，此即全語言『全』字的真義」。

基本上，不論是哪一種教學模式，都將識字（解碼）和理解視為閱讀的重要成分，但是各家各派如何打造學生的閱讀能力，卻有不同路徑。

「直接教學模式」從解碼開始，將熟悉字母和字音的應對原則，字詞教學，是為學會閱讀的入門磚，先學細部（指解碼），後學整體（指理解），教學模式是呼應由下而上（bottom-up）的閱讀理論。反之。

「全語言教學模式」從聽讀故事開始，先整體再細部，教學模式是呼應由上而下（up-down）的閱讀理論。

「認知策略教學模式」則不是直接處理閱讀成分，而是研究學習字詞和閱讀的有效方法，此教學模式主要是讓讀者擁有問題解決能力，它是由訊息處理理論衍生而來。

在比較不同的教學模式時，必須區分「策略」和「技能」（skill）兩者的差異。所謂「策略」是有意識的思考歷程，需要耗掉比較多的認知資源；而「技能」則近似自動化歷程，所需的認知資源相當少。在閱讀過程中，能力好的讀者會用到很多閱讀「技能」，而不是需要很費腦力的「策略」，因為如果隨時都要斟酌每個細節如何處理，將會使閱讀變得十分吃力。

三種教學模式雖然都關心所有學童的閱讀，但是似乎在適用對象方面各有些許不同：

「直接教學模式」最初關注的對象是低成就、社經地位較弱勢的學生。

「認知策略教學模式」則是基於對優秀學習者的觀察，研究者希望藉由策略教學，讓生手向專家的方法看齊。

「全語言教學模式」的主張其一不分與幼兒讀寫萌發（emergent literacy）之研究有關，他們的觀察發現，幼兒語言發展是整體的，並非透過分割技能的練習而來，家庭和學校若能布置豐富的語文學習情境，將有助於幼兒從自然環境中學到讀寫的基本概念。

除了上述三大教學模式外，近來也有主張平衡閱讀教學，平衡閱讀教學：「融合字母拼讀法教學和全語言教學的教學取向，以學習者的需要為基礎，在全語言的哲學和豐富的學習脈絡中，融合字母拼讀法的技巧教學、閱讀理解教學的策略和全語言教學的多元活動，因應學生的個別需要而進行技巧指導。」

Michael Pressley 著，曾世杰譯
心理出版社
2010年3月

（四）閱讀概念的轉化

閱讀是上個世紀90年代以來的新趨勢，隨著時代變革，人口老化、科技成長，教育改革首當其衝。日本學長佐藤學在上個世紀80年代即開始有「從學習逃走」現象，十年後，東亞國家也陸續發生，於是佐藤學「以學習為中心」、「學習共同體」的課程改革席捲教育界，而後有《可汗學院教育奇蹟》、《翻轉教室》，則是由科技翻轉教學的面貌。

天下雜誌公司
2012年4月
2013年7月

薩爾曼·可汗著
圓神出版社

天下雜誌公司
2014年9月

其間《大數據——教育篇》告訴我們，所有學生都接受相同的教材的時代已成過去，現在是「一種規格、一人適用」，適應性學習的目標，就是要為每位學生量身打造學習的方式。而《翻轉過動人生》，是打破平均迷思，正視差異。

邁爾荀伯格、庫基耶著
林俊宏譯
遠見天下文化出版公司
2014年9月

陶德·羅斯、凱薩琳·艾利生著
江坤山譯
天下雜誌公司
2014年11月

強納森·伯格曼、
艾倫·山姆著
聯經出版事業公司
2016年4月

而肯賓森（Ken Robinson）、盧亞若尼卡（Lou Aronica），幾本有關天賦之著作，告訴我們標準化教育對學生帶來的傷害，教育的重點在於讓天賦自由。每一個人都是天才，但如果你用爬樹能力來斷定一條魚有多大本事，那他整個人生都會相信自己是愚蠢不堪。

肯・羅賓森著
謝凱蒂譯
遠見天下文化公司
2009年6月

肯・羅賓森著
廖建容譯
遠見天下文化公司
2013年5月

肯・羅賓森、盧・亞若尼卡著
卓妙容
遠見天下文化公司
2015年6月

肯・羅賓森著
黃孝如、胡琦君譯
遠見天下文化公司
2011年8月

又《孩子如何成功》、《幫助每一個孩子成功》，則強調非認知能力的學習。恆毅力、好奇、自我控制、樂觀和自我覺察等是非認知特質，常被具體稱為「技能」，或稱為「品格力」、「軟技巧」。

保羅・塔夫著
王若瓊、李穎琦譯
遠流出版公司
2013年7月

保羅・塔夫著
張怡沁譯
親子天下公司
2017年3月

除外，國際性的評量測試推波助瀾，如 PIRLS，自2001年開始，每隔五年針對國小四年級學童（九至十歲）的閱讀素養能力的國際性評量；PISA 則是針對十五歲學生進行評量，測試學生是否已經掌握了參與社會所需要的知識與技能。測量類別有閱讀、數學與科學。就閱讀而言，是在評量是否已具備從閱讀來學習的能力。PISA 從2000年開始，每三年一次，其閱讀測試文本形式有：連續文本、非連文本、混合文本與多重文本。

於是閱讀概念有了如下的變化。

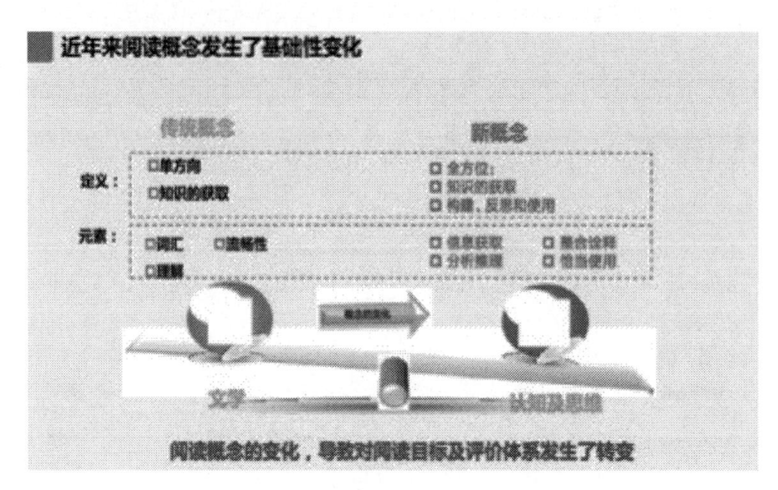

引自2017年6月3日，國際閱讀教育論壇杭州場
「攀登閱讀」平臺創始人　李根柱 ppt

這種新閱讀的概念，或稱之為全閱讀、大閱讀，其概念的變化是由文學轉向認知及思維。是學科融合，也是跨領域的學習與閱讀，因此閱讀不只是語文老師的事，更是全部學科老師的事。

四　課程

這是第三個關鍵詞。

課程是學校用以教導學生，達成教育目標的學習內容。依各國學者對此學習內容範圍廣、狹的不同，可有不同的界定。一般說來，課程意義具有不同的界定。一般說來，課程意義具有豐富的面貌。試簡述如下：

1 課程即學科

視「課程」為一種學習領域，學習科目、教材或教科書。這是大眾熟知的一種課程意義，也是最傳統、最普遍的課程定義之一。

2 課程即經驗

視課程為一種學習經驗，亦即課程是指學生從實際學校生活所獲得學習經驗。學生為學習中心，學校課程應適應學生。

3 課程即計畫

此定義認為課程是一種學習者的學習計畫，計畫包括課程目標、課程內容、課程方法與活動，以及課程評鑑的工具和程序。

4 課程即目標

將課程視為一種一系列的組合，不論是教育的目的、宗旨、一般目標，皆由學生行為的改變，呈現其教育效果。

5 課程即研究假設

課程即研究假設的基本假定是：

課程是一種在教室情境中有待考驗的研究假設，因此學生有個別差異，個別教養情境也有相異，是以教師可依據個別教室情境中的實際經驗，去接受、修正或拒絕任何普遍性的規則或原理（以上詳見五南圖書出版股份有限公司，2009年9月，黃光雄、蔡清田《課程發展與設計》，頁1-38。）

而本文課程是指國小課程標準規範下的學習學科，如國語、數學等。

依兩岸國小課程綱要規定，閱讀是國語學習的重點之一，並非獨立或一門學科。但由於時代趨勢所需，兩岸上、下皆重視閱讀，用盡各種方式促使閱讀成為一個課程，於是乎兩岸皆在自主時段中列有閱讀課程，一般是由語文老師來擔任，臺灣甚至有閱讀教師的設置。

以下試以臺灣兒童閱讀發展為例：

臺灣教育當局推動閱讀，其歷程可簡化如下：

兒童閱讀年計畫

文建會在考察過日本的閱讀推廣活動後，將2000年定為「兒童閱讀年」，開始進行兒童閱讀年計畫。

全國兒童閱讀運動實施計畫

教育當局接著在2001至2003年，推動「全國兒童閱讀運動實施計畫」。

臺北師範學院，2003年9月

焦點三百國小兒童閱讀計畫

時間是2004至2008年。

「焦點300——國小兒童閱讀計畫」是針對弱勢地區國小；「悅讀101」則是改變過去針對弱勢地區的輔助，轉為全面性的閱讀性的閱讀政策推動。

「悅讀101」教育部提升國民中小學閱讀計畫

2007年「悅讀101」是教育當局提升國民小學閱讀計畫。

中央大學學習與教學研究所
2010年4月

臺灣閱讀運動出現轉折點

2006年，臺灣首次參加「PIRLS 國際閱讀素養」評比，結果卻出人意料。臺灣四年級孩子的閱讀理解能力，在四十五個國家和地區中名列二十二；而早年頻頻來臺灣「取經」、同樣使用繁體中文的香港地區，卻從第十四名躍升至全國第二名。

這個成績，讓教育現場重新審視閱讀內涵：熱鬧的活動背後，真的能提升學生的閱讀素養嗎？僅是非專業的「課外」活動，足以應付未來對「閱讀能力」的要求與挑戰嗎？臺灣推動閱讀，還缺少哪些環節？

PIRLS 評比公布的2007年，成為臺灣閱讀運動的轉折點，多年來，由學者專家、現場語文教師、政策制定單位掀起的「第二波閱讀行動」，開始看見了不同的方向與重點，在猶豫與嘗試間拉鋸、緩步前行。

其間，2000年曾志朗接教育部長，宣示推行兒童閱讀運動，雖然有全國兒童閱讀運動實施計畫，未及執行旋即下臺。而「悅讀101」，即標示課文本位閱讀理解教學至於2006年出現轉折點，即是指教學轉向取得國際測試績優為先。

回首臺灣閱讀教學，雖有閱讀課，但似乎缺乏實際課程的意義，一般是以教學者為主，既談不上學科，也缺乏計劃，更無目標；有的只是經驗，或是隨意的研究假設。

閱讀在官方的主導下，有「閱讀師資培訓——區域人才培育中心研究計畫」與「縣市國民小學圖書館閱讀推動教師實施計畫」兩個大團隊，前者後來回歸課文本位閱讀。後者有《臺師大圖書資訊利用教育教學綱要》，以圖書館利用、閱讀素養、資訊素養為三大主題，有完整的教學綱要，並有教學設計及 PTT。其重點在於圖書資訊的利用，目前有許多學校採用這套教材。

至於大陸地區的閱讀教學，正是百家爭鳴，個人曾於今年5月19日應張祖慶名師智慧空間站之邀於「名師好課堂」做了一場「也談閱讀課程」的講座，我考察閱讀教學與閱讀課堂的相關論述，亦不見有成型的閱讀課程架構，其間兩本具有特色：

閱讀、發展、求知——小學生發展性閱讀教育研究主編　王關興　華東師範　大學出版　2002年6月
拔萃課堂教學模式　陳瑜主編　佛山市　大良實驗小學

前者是上海閔行區漕河涇小學於1996年下半年，展開為期四年的「小學升發展性閱讀研究」課題的研究與實踐。此研究「將語文工具性閱讀轉向課程結構性閱讀，封閉式閱讀轉向素養發展型閱讀，在幫助學生習得知識的同時，發展其多方向的能力。」（見于漪序）

這是我一直強調的大閱讀，閱讀不只是語文老師的事，因為各科皆是閱讀。

後者《拔萃課程教學模式》一書，於2016年出版，同一年11月29

至30日舉行成果發表會，個人有幸受邀，並於30日做一場講座。這是跨領域的教學與學習的模式。其領域有五：品德與修養領域、語言與交往領域、科學與創新領域、健康與運動領域、藝術與審美領域。這是很前沿的課程設計，且其理論依據，亦不背離課程標準。（見頁10）

總結兩岸國小語文教學，似乎未能走向大閱讀的概念，目前是百家爭鳴，頗見個別功力，其失則是過度用力，其用力處在於做細做大，所謂細，是過度深入與細緻。深入與細緻本身並無不好，只是有悖課綱需求，對學童而言，會有力不從心，又失去自主學習的意義。至於大，則是無限上綱。

我們了解每個學童都是獨一無二的個體，且是有機的、發展的，我們有責任幫助孩子找到自己的天賦，這種打破均一、鼓勵多元有五大行動方式：

1. 保護「不一樣」，為偏才、怪才找路。
2. 停止用考試評量孩子的潛能。
3. 打造「學習的無障礙空間」。
4. 跟隨孩子，打造個別化學習。
5. 相信自己、相信孩子。

（詳見《明日教育》，親子天下公司，2016年10月，頁128-133）

目前，學校最受指責的是：學校像個培訓、量化、標準化的技能訓練場所，而非教養、成長的場域。我們更需要了解閱讀並非單純的技能，也並非只有理解，在理解的前備知識是識字。

如果你在設計教育系統時，將標準化和一致性凌駕於學生個人、想像力和創造之上，那麼實行之後，標準化和一致性果然侵蝕了學生的個性、想像力和創造力，也就沒有什麼好驚訝。

面對挑戰，如果你和教育沾上一點關係，你有三個選擇：

1. 你可以在體制內尋求改變。
2. 可以說法施壓要求教育系統改變。
3. 或積極參與體制外改革。

教育體系其實不僅需要改革，而體制內的教育工作者，或所謂的尋求改變，就是設法轉型。轉型的關鍵也不是追求一致性，而是要適應個性的需求，發現每個孩子的個人天賦，我們要營造的是教學環境中需讓孩子產生學習慾望，並自然發現自己真正的熱情。我認為最重要的，就是必須實現天命的概念。

我相信就國小語文教學而言，無論字詞、篇章教學、群文閱讀、整本書閱讀皆有其可貴性與適應性，個人認為最可行的途徑是回歸課綱，亦即是回到正式課堂的教學。如何將聽、說、讀、寫有效的引入課堂，這是教師的功力，功在於備課，備課則呈現在教學設計，而其設計是否將「鴛鴦綉了從教看，肯將金針度與人」。

回歸課綱，也就是回到正式課堂的教學，其效用有三：一者教育當局放心；二者家長與教師安心；三者孩子收心。

課程本身是複雜且專業。但以課綱為框架，再輔以學校本位、教師自主的權限，或許可能因此找出屬於個人獨特的教學藝術。

教育是育人，不可能複製，過度強調方法與模式，不可能有教學的藝術，在因材施教與個別獨特與差異之下，無所謂最好的方法或教材等，最傳統或最新的科技，皆有其適用性，重要的是有效。

鄧小平曾說過，會抓老鼠的貓才是貓，務實接地氣、平實不浮華才是王道。

個人認為為孩子找到起點行為，激活動機、相信孩子與給予信心，這是平實的不二法門，其原則是：以身作則；了解孩子需求。

五　結語

個人認為教育正如孟子所謂的樂事一件，己樂而後人樂。我很喜歡瑞吉歐教學法創辦人馬拉古茲的一首詩——〈不，一百種是在那裡〉：

孩子
是由一百種組成的。
孩子有
一百種語文
一百隻手
一百個想法
一百種思考、遊戲、說話的方式。
一百種傾聽、驚奇、愛的方式
一百種歌唱與了解的喜悅
一百種世界
等著孩子們去發掘
一百種世界
等著孩子們去創造
一百種世界
等著孩子們去夢想。
孩子有
一百種語文
（還多一百種的百倍再百倍）
但是他們偷走了九十九種。
學校和文化

把腦袋與身體分開。

他們告訴孩子：

不要用雙手去想

不要用腦袋去做

只要傾聽不要說話

了解但毫無喜悅

只要在復活節與聖誕節的時候

才去愛和驚喜。

他們告訴孩子：

去發現早已存在的世界

而一百種當中

他們偷走了九十九種。

他們告訴孩子

工作與遊戲

真實與幻想

科學與想像

天空與大地

理由與夢想

不是同一國的。

因此他們告訴孩子

一百種並不在那裡。

孩子說

不，一百種是在那裡。

——羅里斯・馬拉古齊（Loris Malaguzzi）

心理出版社
2000年8月

這首詩道盡了教育的真諦。

我也一直服膺孔子的：有教無類、因材施教。更時時以馬斯洛需求理論為戒，學童在匱乏需求之下，一切的教育皆失能。

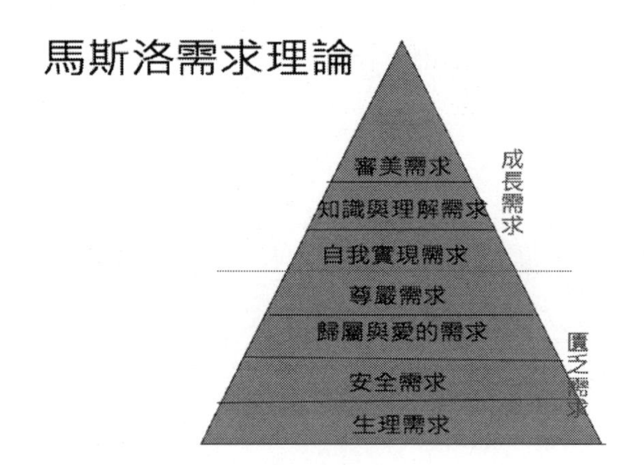

而加德納的多元智能更是目前教育的共識。

教學、教育是韓愈所謂的傳道、授業與解惑，教師也是人，過度用力，損人不利己，亦不接地氣與生活。

孟子曾說：

> 大匠誨人，必以規矩；學者亦必以規矩。(〈告子篇上〉)
>
> 梓匠輪輿，能與人規矩，不能使人巧。(〈盡心篇〉)

巧是要一萬小時以上的練習，賣油翁賣油的故事即是，學習的動力是來自學習者本身。因此我的教育理念是：

> 學會學習，學會生活。
>
> 人能弘道，非道弘人。

我們也期待一個「眾聲喧嘩；多元共生」的普世教育樂園。

最後介紹十本有關討論閱讀的書：

1《打造兒童閱讀環境》

2001年1月　　2001年2月　　少年兒童出版社 2008年12月

2《說來聽聽：兒童、閱讀與討論》

3《朗讀手冊：大聲為孩子讀書吧！》

天衛文化圖書公司　2002年1月

4《閱讀的力量》

心理出版社　2009年4月

5《閱讀兒童文學的樂趣》

2000年1月

2009年3月

少年兒童出版社
2008年12月

6《書·兒童·成人》

富春文化事業公司
1992年3月

湖南少年兒童出版社
2014年3月

7《歡欣歲月》

富春文化事業公司
1999年11月

湖南少年兒童出版社
2014年3月

8《好孩子：三分天註定，七分靠教育》

遠流出版事業公司　2014年4月

9《書語者》

羅慕謙譯
高寶國際公司
2010年6月

唐娜琳・米勒著
關睿、石東譯
新疆青少年出版社
2016年8月

10《自主閱讀》

史蒂芬・克拉申、李思穎、劉英著
林俊宏譯
親子天下公司
2017年1月

附錄

文章出處一覽表

	篇名	書名	出處（出版社）	年月
1	林良與《爸爸的十六封信》		文藝報	2010年2月5日
2	陽光少年遊		中華讀書報	2010年11月24日12版
3	我們的香——故事奇想樹		中華讀書報	2011年1月2日12版
4	牧笛獎——臺灣童話獎的最高殿堂		中華讀書報	2011年3月23日12版
5	兒童閱讀就是要「瞎子摸象」		出版人	2013年10月第十期，頁82-83
6	圖畫書——吸引幼兒有法寶		出版人	2013年11月第十一期，頁80-81
7	繪本裡的滑稽美學		出版人	2014年1月第一期，104-106
8	臺灣閱讀推廣的三駕馬車		出版人	2014年8月第八期，98-99
9	熱鬧的童話——簡評〈土豆皮蝸牛湯〉		兒童文學．經典	2015年9月號，頁15
10	臺灣兒童文學的導師	兒童閱讀的幸福花園——臺灣兒童文學專輯		2014年3月福建少年兒童出版社，頁11-12
11	荒野中的一隻豹子	最後一隻豹子	明天出版社	2010年6月

	篇名	書名	出處（出版社）	年月
12	當你願意溫柔	馬和馬	明天出版社	2012年3月
13	細數通向世界的來時路	兩岸兒童文學經典共讀叢書四冊	湖南少年兒童出版社	2013年1月
14	序	父母是最好的作文老師	四川少年兒童出版社	2013年1月
15	阿凡提是誰？	機智阿凡提	福建少年兒童出版社	2014年5月
16	兒童閱讀的根基在於「樂趣」	最勵志校園小說一套五冊	化學工業出版社	2015年7月
17	我讀《將軍胡同》	將軍胡同	明天出版社	2015年7月
18	漪然，依然	心弦奏響的一刻	北京聯合出版社	2016年9月
19	和好袋鼠蹦蹦一起蹦啊蹦	好袋鼠蹦蹦	心蕾出版社	2016年10月
20	也說個晚安故事	用故事說晚安	機械工業出版社	2016年11月
21	共讀繪本的召喚	和書婆婆一起讀繪本	南京師範大學出版社	2016年11月
22	楊思帆的私房遊戲	《呀！》、《錯了！》	廣西師範大學出版社	2017年1月
23	經典是一種口味	奇想國世界經典兒童文學 書系：奇幻系	北京聯合出版社	2017年1月
24	思考的貓，思考的孩子	貓和少年魔笛手	文匯出版社	2017年6月
25	一切都是小平底鍋的關係	安托尼的小平底鍋	清華大學出版社	2017年8月
26	到底在搞什麼鬼？	子不語，搞什麼怪	福建少年兒童出版社	2017年11月

	篇名	書名	出處（出版社）	年月
27	令人驚艷的雙人舞！	最美動物詩集（盒裝七冊）	湖南科學技術出版社	2018年1月
28	自然最美	最美自然詩集（盒裝七冊）	湖南科學技術出版社	2018年1月
29	萬物靜觀皆自得	萬物啟蒙詩歌讀本三卷	濟南出版社	2018年2月
30	我們大家的裘利	裘利系列	晨光出版社	2018年3月
31	淘氣也可以很哲學	淘氣姐妹花（兩冊）	浙江少年兒童出版社	2018年4月
32	理解他人的美麗	海鷗宅急送	陝西人民教育出版社	2018年6月
33	閱讀聽故事，幼兒的學習渴望	為你朗讀	廣西師範大學出版社	2018年7月
34	最終的魔法寶藏	杰侯姆・胡里埃夫婦繪本（6冊）	清華大學出版社	2018年7月
35	讀《正陽門下》	正陽門下	天天出版社	2018年8月
36	不朽的靈魂	穿越時空的告白	浙江大學出版社	2018年9月
37	小時候的魔法	真的假的小時候	晨光出版社	2018年9月
38	媽媽的話	我媽說	晨光出版社	2018年9月
39	一把圖畫書導讀的鑰匙	歡迎走進圖畫書王國	廣西師範大學出版社	2018年11月
40	一部住圖畫書中的小動畫片	我遇見了一隻小灰狼	上海文藝出版社	2018年11月
41	我們的歷史，我們的記憶	讀媽媽小時候的經典童話	海豚出版社	2018年11月
42	兒童、閱讀與教育	教育研究與評論		2018年第4期，頁41-51

文學研究叢書·兒童文學叢刊 0809018

兒童文學與閱讀（三）

作　　者　林文寶
責任編輯　廖宜家
特約校稿　林秋芬

發 行 人　陳滿銘
總 經 理　梁錦興
總 編 輯　陳滿銘
副總編輯　張晏瑞
編 輯 所　萬卷樓圖書股份有限公司
排　　版　林曉敏
印　　刷　百通科技股份有限公司
封面設計　百通科技股份有限公司

發　　行　萬卷樓圖書股份有限公司
臺北市羅斯福路二段 41 號 6 樓之 3
電話 (02)23216565
傳真 (02)23218698
電郵 SERVICE@WANJUAN.COM.TW
香港經銷　香港聯合書刊物流有限公司
電話 (852)21502100
傳真 (852)23560735

ISBN 978-986-478-299-4
2019 年 8 月初版一刷
定價：新臺幣 320 元

如何購買本書：
1. 劃撥購書，請透過以下郵政劃撥帳號：
帳號：15624015
戶名：萬卷樓圖書股份有限公司
2. 轉帳購書，請透過以下帳戶
合作金庫銀行　古亭分行
戶名：萬卷樓圖書股份有限公司
帳號：0877717092596
3. 網路購書，請透過萬卷樓網站
網址　WWW.WANJUAN.COM.TW
大量購書，請直接聯繫我們，將有專人為您服務。客服：(02)23216565　分機 610
如有缺頁、破損或裝訂錯誤，請寄回更換

國家圖書館出版品預行編目資料

兒童文學與閱讀. 三 / 林文寶著. -- 初版. -- 臺北市 : 萬卷樓, 2019.08
面；　公分. -- (文學研究叢書 ; 0809018)
ISBN 978-986-478-299-4(平裝)

1.兒童文學 2.兒童讀物 3.閱讀指導

815.9　108011164